L'EXÉCUTEUR

LES CHIRURGIENS DE LA N'DRANGHETTA

DISPONIBLES DANS LA MEME COLLECTION

N° 177 : *Danger mortel à Mexico*
N° 180 : *Blitz éclair à Hollandia*
N° 183 : *Les démons du Pacifique*
N° 184 : *Carnage à Waco*
N° 185 : *Plein feu sur Barranquilla*
N° 188 : *Enchères mortelles à Aden*
N° 195 : *Traquenard à Tijuana*
N° 196 : *Razzia au Costa Rica*
N° 197 : *Echec et mat pour un pourri*
N° 198 : *Massacre à Miami*
N° 199 : *Les cokeros de Cochabamba*
N° 200 : *Mourir à Belize*
N° 201 : *Hallali à Cincinnati*
N° 202 : *Le Baiser de la Pieuvre*
N° 203 : *Mortel assaut sur San Diego*
N° 204 : *Le capo de Peshawar*
N° 205 : *Ultime conspiration*
N° 206 : *Frères de sang*
N° 207 : *Le jour du jugement*
N° 208 : *L'As noir de Washington*
N° 209 : *Les bouchers de l'Amazone*
N° 214 : *Les sables de l'Apocalypse*
N° 215 : *Chicago Connection*
N° 216 : *Chasse à l'homme à Houston*
N° 218 : *Marchands de mort*
N° 221 : *Le trésor de la mafia*
N° 225 : *Opération Salvamento*
N° 226 : *Feu d'enfer sur l'Arctique*
N° 228 : *Les diamants de la terreur*
N° 229 : *Le capo de Bornéo*
N° 230 : *Un bain de sang pour Sun Lee*
N° 231 : *Les milliards siciliens*
N° 232 : *Le tocsin argentin*
N° 233 : *Le blitz de Little Havana*
N° 234 : *Les mercenaires de la coke*
N° 235 : *Otage du cartel*
N° 236 : *L'ultime défi*
N° 237 : *Les vampires de Spider Mountain*
N° 238 : *Traque mortelle sur Pa'ahnui*
N° 239 : *Offshore Connection*
N° 240 : *Le Capo et le Monsignore*
N° 241 : *Légitime violence*
N° 242 : *Requiem pour un Monsignore*
N° 243 : *Une peste mafieuse*
N° 244 : *Sang pour sang à San Salvador*
N° 245 : *Les tueurs de Montanitas*
N° 246 : *Pluie de coke sur Ocean Beach*
N° 247 : *Coup de gong pour une triade*
N° 248 : *Sabrer n'est pas jouer*
N° 249 : *Panique à Reynosa*
N° 250 : *Charge sanglante sur Cienfuegos*
N° 251 : *Jackpot à Sun City*
N° 252 : *Boucherie en Colombie*
N° 253 : *Les prédateurs du Rio Grande*
N° 254 : *Entre les griffes du Dragon*
N° 255 : *Les commissionnaires de la mort*
N° 256 : *Main basse sur le Strip*
N° 257 : *Justice à tous les étages*
N° 258 : *Manipulations mortelles*
N° 259 : *Le sang du repenti*
N° 260 : *Le projet Firestorm*
N° 261 : *Sanglant El Dorado*
N° 262 : *Blitz sanglant sur Mazatlán*
N° 263 : *Massacre à Snohomish River*
N° 264 : *Du plomb pour une balance*
N° 265 : *La filière australienne*
N° 266 : *Poker mortel à Chicago*
N° 267 : *Le projet Carnivore*
N° 268 : *Justice mafieuse*
N° 269 : *Prière d'assassiner*
N° 270 : *Enfer de plomb sur l'Oregon*
N° 271 : *Passage en force*
N° 272 : *Narcos story/Traquenard à Tijuana*
N° 273 : *Assaut sur le Cartel*
N° 274 : *Ouragan sur l'Adriatique*
N° 275 : *Sanglant anniversaire*
N° 276 : *Hécatombe mexicaine*
N° 277 : *L'évadé de Pelican Bay*
N° 278 : *Vodka glacée à Boston*
N° 279 : *Le revenant d'Atlantic City*
N° 280 : *Requiem pour mazepa*
N° 281 : *Pluie de sang sur San Juan*
N° 282 : *V comme vengeance*
N° 283 : *K.-O. sanglant à Philadelphie*
N° 284 : *Le Yakusa blanc*
N° 285 : *les cercueils de Cape Liberty*
N° 286 : *Les chiens de Piedras Negras*
N° 287 : *Le pourri des Highlands*
N° 287 : *Le pourri des Highlands*
N° 288 : *La marque du diable*
N° 289 : *Série noire pour cols blancs*
N° 290 : *A tombeau ouvert*
N° 291 : *Tuerie à Dayton*
N° 292 : *Fin de partie pour un mafieux*
N° 293 : *Saut d'enfer sur Las Vegas*
N° 294 : *Archives de sang*
N° 295 : *Nevada Story*
N° 296 : *Dans la peau d'un mafieux*
N° 297 : *Du sang sur la frontière*
N° 298 : *Zoulou Connection*
N° 299 : *Chaos à Vancouver*
N° 300 : *Le réseau Phénix*
N° 301 : *Les eaux froides d'Arkhangels*
N° 302 : *Piège de cendres à Fukushim*
N° 303 : *Le clan albanais*
N° 304 : *Massacre à Ciudad Juarez*
N° 305 : *Aller simple pour l'enfer*
N° 306 : *Poker menteur à Nogales*

DON PENDLETON

L'EXÉCUTEUR

LES CHIRURGIENS DE LA N'DRANGHETTA

Adapté de l'américain par
URBAN AECK

Photo de couverture
© GETTY IMAGES/FLICKR/ROYALTY FREE

2013, Adaptation française : GECEP/HUNTER
ISBN 978-2-2801-9561-4 — ISSN 0337-1182

CHAPITRE PREMIER

— Nous arrivons bientôt.

Derrière les vitres des portes arrière du gros utilitaire occultées à l'adhésif opaque, des lueurs mouvantes s'étaient mises à défiler, de plus en plus nombreuses. Au fond du fourgon, une voix incrédule demanda en arabe :

— Où ça ?

Sûrement pas à Turin, dernière étape promise. L'accompagnateur du groupe répondit dans un arabe très approximatif :

— La deuxième étape. Ici, nous prenons l'ambulance.

L'ambulance qui n'aurait dû les prendre en charge que du côté de Turin. Ne distinguant qu'à peine la silhouette de leur cicérone dans l'ombre presque totale, Yacine Adami s'étonna :

— Déjà ?

Contrairement à ses deux compagnons de cavale, il baragouinait un peu d'italien.

— *Si*, renvoya l'intéressé dans sa langue natale. C'est plus prudent. A cause des contrôles.

Les contrôles. Yacine Adami sentit son estomac se crisper. Il l'avait presque oublié, mais ses deux coreligionnaires et lui étaient désormais en cavale. Evadés de leur camp de transit. Dans l'ombre, il perçut des soupirs. Soulagement ? Regain de tension ? Sans doute tout à la fois. Même en italien, le mot contrôle était parfaitement compréhensible. Du coup, Yacine Adami replongea dans le présent. Depuis un moment, son esprit était ailleurs. Loin de ce périple compliqué, à destination de Bardonecchia et de cette frontière franco-italienne. En fait il pensait à Sebba, ce port méridional de Libye, où des semaines plus tôt il avait échoué après l'enfer de Bani Walid, et où, sous des déluges de feu, deux à trois mille candidats à l'émigration se disputaient alors un hypothétique passage vers l'Europe. Comme lui, comme son copain Kader, qu'il avait perdu de vue dans la cohue des embarquements, et qu'il n'avait pas retrouvé au camp de Lampedusa. Qu'il avait ensuite attendu en vain pendant longtemps sur place, entre les interminables procédures d'accueil, les examens médicaux, et les fausses promesses de liberté, avant d'être embarqué sur ce bateau frêté par l'armée italienne. Destination la Calabre.

A Crotone.

Un camp cerné de grillages, surveillé par les carabiniers, que les autorités italiennes avaient réactivé et agrandi en urgence pour désengorger Lampedusa. Un camp déjà plein à craquer, où de graves événements s'étaient produits par le passé entre les immigrés et la population locale, où l'on tuait le temps à jouer aux dés ou aux cartes, à parler du pays, ou à déambuler en groupes, rêvant d'évasion, de frontières franchies en fraude, de combines plus ou moins fumeuses. Des migrants dont le nombre augmentait de manière inquiétante… mais toujours pas de Kader. Et Yacine avait eu beau questionner chaque nouvel arrivant, aucune trace de son ami. A croire qu'il n'avait jamais existé. Son absence posait un vrai problème. Moralement certes, mais également de santé. Sans l'aide de son copain, Yacine avait été parfois si fatigué qu'il était resté prostré des heures durant sur son lit de camp. Au risque de rater les distributions de nourriture. Bien sûr, comme beaucoup de leurs semblables, son copain et lui avaient tout misé sur leur projet de gagner l'étranger. En fait, une idée de Kader. Il affirmait connaître quelqu'un à Rome qui pourrait les aider. A défaut, ils s'arrangeraient pour passer en France et gagner Lille, où Abdel, un de ses cousins, résidait. Yacine ne connaissait que ce prénom. Rien d'autre. Pas d'adresse, pas de téléphone. Même pas de nom de famille. Alors, sans Kader, trouver du secours serait difficile, en France. Pas de papiers, pas de prise en charge sociale, aucune de ces aides vantées par la rumeur. Statut de clandestin assuré. Or, dans son état… Pourtant, Yacine n'avait pas d'autre choix. Depuis combien de temps exactement marinait-il dans ce camp… Certes, depuis son arrivée en Italie, Kadhafi et son régime étaient tombés, mais il ne voulait pas rentrer en Libye. La peur du chaos qui pouvait perdurer, la prise de pouvoir des intégristes, etc. Et l'envie forcenée d'un avenir meilleur : en France.

Le pays des droits de l'Homme, où, malgré ses problèmes de santé, et sa main gauche handicapée, il finirait par se débrouiller d'une manière ou d'une autre, notamment grâce à la forte densité de population musulmane installée là-bas. Grâce aussi à son pécule : deux mille cent soixante dollars, exactement. La récupération, juste avant la fermeture des banques, de ses économies sur cinq ans de salaires dans les raffineries de Sarir et de Brega, avant ce foutu accident qui l'avait fait muter au siège de Tripoli, où travaillait Kader. Salaires modestes, épargne limitée, mais de quoi voir venir. Aussi, quand une semaine plus tôt ce type d'une association locale du camp, ce Tonio qui parlait arabe, l'avait abordé pour lui proposer son deal, avait-il entrevu une lueur d'espoir.

Une évasion, en groupe, organisée par des amis locaux. Mouvements de foules, début de révolte orchestrée par le fameux Tonio et quelques acolytes, sortie en force de tout un groupe de candidats à la belle, et dans l'affolement général, prise en charge de Yacine et de deux autres transfuges, à bord d'une voiture planquée à l'extérieur du camp. Succès garanti.

On n'allait quand même pas leur tirer dessus.

Ensuite, changements de véhicules, remontée de l'Italie jusqu'à leur passage en France, via Turin et Bardonecchia, où ils seraient alors séparés, pour franchir la frontière à bord de voitures particulières, immatriculées en France. Filière ultrasécurisée, laquelle impliquait évidemment quelques investissements. Bien sûr, Yacine Adami avait compris avoir affaire à un réseau plus ou moins lié à la mafia locale, mais il n'allait pas faire le difficile. Pour le convaincre, Tonio l'avait fait rencontrer ses futurs compagnons de cavale. Deux frères, Libyens comme lui, qu'il avait déjà aperçus à Sebba, se livrant à d'obscurs trafics dans la masse de réfugiés. Jeunes, costauds, gueules de voyous, convaincus de réussir, et piaffant d'impatience dans l'attente de juteuses combines chez ces « mous de Français ». Pendant ce temps, Tonio avait fini par convaincre Yacine, et, après d'âpres négociations, le deal avait été conclu pour la somme de mille dollars. Moitié au moment de l'accord, moitié à la frontière. Presque les deux tiers de ce qui lui restait après le règlement de son passage Sebba-Lampedusa, mais, une fois en France, il aviserait. Son seul regret, l'absence de Kader. Kader, qu'il avait encore espéré en vain voir débarquer, en attendant le jour J. Evasion survenue trois jours après le deal.

Tonio n'avait pas menti, tout s'était passé comme prévu.

Brusque révolte à l'intérieur du camp, panique, clôtures renversées, fuite éperdue de plusieurs grappes de migrants, Yacine et les deux frères entraînés par les acolytes de Tonio, Yacine manquant flancher sous l'effort, ce 4x4 qui avait brusquement surgi devant eux, embarquement général à la volée, démarrage éclair, changement de véhicule un peu plus tard. Précisément cet utilitaire au fourgon malodorant. Sur le contreplaqué gras du plancher, quelques couvertures crasseuses pour les transfuges, et pour l'homme de Tonio qui les chaperonnait. Un certain Gino. La quarantaine, gueule de brute, crâne rasé, oreilles écrasées à la manière des vieux catcheurs, voix cassée et maîtrise de l'arabe très limitée. D'ailleurs très avare de paroles depuis le début. Bouffe et boissons prévues, aux stations-service de l'itinéraire. Sandwiches et sodas.

— C'est bientôt.

Derrière les vitres arrière occultées, les lueurs avaient disparu, et, dans son dos, Yacine entendit le nommé Gino lancer quelques mots en italien, dans son portable. Après cette interminable deuxième tranche de trajet dans cette ambiance confinée, il annonçait leur approche. Le groupe allait se séparer, changer de véhicules. Un long moment passa, puis, alors que le fourgon se mettait à tressauter sur un sol inégal, Gino annonça encore :

— On arrive.

Dans l'obscurité réinstallée, les deux frères s'agitaient sur leurs couvertures, de plus en plus impatients. L'estomac serré, Yacine eut une pensée pour son copain Kader, qu'il ne reverrait peut-être jamais. Evocation bientôt interrompue, par l'arrêt brusque du véhicule.

— Pas bouger, ordonna Gino en mauvais arabe.

A l'extérieur, il y eut des sons divers, des lumières atténuées filtrèrent à travers l'adhésif des vitres, et on toqua contre la carrosserie. Deux fois, puis trois.

Enjambant Yacine pour gagner l'arrière, Gino ouvrit les portes, laissant entrer cette fois un flot de lumière. Blême et aveuglante. Des phares. Derrière, à peine discernables, des silhouettes de voitures, baignant dans un nuage de fumées d'échappements. Deux véhicules foncés, un plus clair. Tournant la tête vers ses passagers, Gino baragouina de nouveau :

— Changer de bagnoles. Ici.

Puis à l'adresse des frères qui se redressaient déjà, il commanda :

— Vous deux.

Ramassant leurs sacs en hâte, les frangins se précipitèrent, et, sans un regard pour Yacine, sautèrent à l'extérieur, happés par la lumière des phares. Fugitives, des silhouettes humaines apparurent, les entraînant à leur suite.

— Toi, ordonna encore Gino. Maintenant.

Ramassant à son tour son maigre sac de voyage, Yacine Adami obéit, sauta à terre, fut immédiatement pris en charge par un grand type qui le poussa vers la dernière voiture, blanche. Avec des choses inscrites en foncé sur la portière du chauffeur.

— Fissa ! Fissa ! pressa son guide.

Un instant aveuglé par les phares et poussé dans le dos, Yacine franchit les derniers mètres, cligna des yeux, put enfin déchiffrer l'inscription bleue sur la portière : *Ambulanzie di Sud.*

Une ambulance ! Insolite, mais astucieux. A cause des contrôles.

— *Presto ! Presto !*

De nouveau poussé dans le dos, Yacine se sentit plonger vers le hayon arrière de l'ambulance qui venait de s'ouvrir, en découvrit l'intérieur. Mal. Absence d'éclairage. Une civière vide, des instruments… Dans le même temps, deux autres silhouettes étaient apparues. Une blanche, une foncée. Massives. A cet instant, quelque chose bascula dans l'esprit de Yacine Adami. Une espèce de doute. Diffus. Inquiétant. Mais alors qu'il se raidissait instinctivement, il y eut un courant d'air dans sa nuque… qui fut prise dans un étau. Puis une violente torsion suivie d'un craquement. Sec. Dévastateur. Très loin, le temps d'une seconde, il perçut comme un chapelet de détonations. Comme à Bani Walid… des siècles plus tôt. Puis ce fut le noir.

Tandis qu'on enfournait son corps pantelant dans l'ambulance, Yacine Adami ne put alors voir le nommé Gino réactiver son portable, ni l'entendre annoncer à son correspondant :

— *Il pacco è pronto. Si arriva.* Le colis est prêt. On arrive.

CHAPITRE II

— *Tempo di merda !*

Gino « Cavolfiore » Bossi tendait le cou pour mieux distinguer le décor à travers le pare-brise embué de l'ambulance.

— Passe par-derrière, indiqua-t-il au chauffeur.

Avec la pluie et son éclairage public quasi inexistant, ce secteur de la banlieue de Reggio de Calabre était vraiment sinistre. Sous cette pluie battante, malgré les essuie-glaces et les phares du véhicule, on n'y voyait pas à plus de dix mètres, et Gino n'était venu que deux ou trois fois par ici, pour balancer et faire griller quelques cadavres dans les innombrables décharges de la zone. Ça lui permettait de ramasser quelques trucs dans leurs poches au passage. Fric, bijoux, papiers d'identité, tout ce qui pouvait se monnayer auprès des receleurs du secteur. Y compris les dents en or, bien sûr ! En temps de crise…

Ce soir, après le « vide-poches » de circonstance, il avait laissé la corvée de la décharge et du feu aux « accompagnateurs » des bougnoules. Cette fois, sa priorité, c'était cette foutue livraison. Et avec ce temps, il avait eu du mal à trouver son chemin, entre les chantiers de démolition et ceux de construction. Enfin après ce qui lui avait semblé durer une éternité, les phares de l'ambulance avaient éclairé la façade sans lumière du bâtiment, avec l'inscription bleue délavée peinte sur son fronton.

« Clinica San Basilio. »

Clinique régionale fermée, en attente de réfection, prêtée à temps partiel par ses propriétaires à une école vétérinaire pour ses cours de chirurgie animale. Un lieu discret, surveillé jour et nuit par un maître-chien de l'*Organizzazione*. Gino « Cavolfiore » Bossi ignorait le sort réservé au « colis » allongé derrière lui sur la civière, et il s'en foutait. Avec ce temps de chien et l'heure tardive, il n'avait qu'une hâte, déposer le *pacco* et aller se coucher.

D'ailleurs, l'ambulance venait de s'arrêter devant un portail massif à deux battants, à la peinture bleue écaillée, portant une plaque rouillée indiquant *Accesso riservato per le ambulanze*. Un portail qui s'ouvrait déjà.

— *Go*, lança Gino au chauffeur.

Le véhicule cahota sur le ciment dégradé d'une cour détrempée, alla s'arrêter sous un porche. Au fond, deux autres battants s'ouvraient à leur tour, sur un hall chichement éclairé, où attendaient deux silhouettes en tenues bleues, coiffées de bonnets de même teinte. Genre infirmier. A l'instant où l'ambulance pénétrait dans le hall, trois autres personnages apparurent. Deux costauds qu'il ne connaissait pas, accompagnant un colosse entre deux âges, en jean et blouson de cuir et coiffé d'une casquette de golf.

Franco « La Rabbia ».

Franco « La Rage », le *caporegime*, celui qui traitait Gino pour l'*Organizzazione* locale, qui lui permettait de bosser pour elle, qui lui confiait aussi parfois certains jobs délicats. Comme ce contrat un peu spécial, une sorte d'examen, censé l'aider à grimper dans l'échelle sociale de l'*Organizzazione*. Passer du grade de *picciotto*, simple gros bras, à celui de *ruffiano*. Ou plus noblement *protettore*. Proxénète. Bien mieux considéré, et bien plus lucratif que ce boulot de merde.

Gagnant l'arrière du véhicule, le colosse nommé « La Rabbia » l'ouvrit, grimpa à l'intérieur, se pencha sur le corps du Libyen, l'examina rapidement, avant de redescendre pour faire signe aux « infirmiers » et aux deux costauds. L'instant d'après, alors que le groupe disparaissait dans le bâtiment avec le chariot, le *caporegime* se pencha vers la glace ouverte de Gino pour grogner d'une voix de rogomme :

— *Bene.*

Soulagé, Gino « Cavolfiore » hocha la tête, fit signe au chauffeur de démarrer, se laissa aller contre le dossier de son siège. Ce périple de nuit l'avait crevé, demain serait un autre jour. Satisfait du travail bien fait, il ferma les yeux.

L'âme en paix.

*
* *

Sous le vieux scialytique à la lumière blême, il faisait une chaleur de four. Mais si le Dr Andrea Bolsano transpirait tant, c'était pour une autre raison. On lui avait annoncé un corps en état de mort cérébrale.

Vivant, mais plongé en état de profonde inconscience. Comme déjà sous anesthésie générale. Mais le Dr Bolsano n'était pas dupe. Son « patient » avait été drogué. Lourdement. Son cœur battait trop lentement.

Barbituriques ou psychotropes. Overdose.

Dans son état, masque laryngé ou intubation trachéale. Impératif. Comme l'administration de dioxygène. On lui avait interdit. Tout. Inutile. Comme le cardioscope. Découvrant horrifié ce en quoi allait réellement consister son acte chirurgical, le Dr Bolsano avait refusé. Tenté même de quitter le bloc. Un cauchemar. Le colosse à la voix de rogomme lui avait seulement dit :

— Tu connais les conditions, toubib.

Le Dr Bolsano connaissait effectivement les conditions. L'*Orgazzazione* n'excusait aucune désobéissance. Il connaissait aussi la sentence. La présence du colosse à la voix de rogomme et de ses deux acolytes aux gueules de tueurs le lui rappelait. Alors, maudissant l'époque où il avait mis le doigt dans cet engrenage qui le broyait lentement, et songeant très fort à sa fille Lina, il avait remonté le masque devant son visage trempé de sueur et s'était penché sur le corps inerte allongé sur la table d'opération.

En essayant de ne plus penser.

A présent, maudissant l'ancienneté du matériel et l'aération contrôlée hors service, le Dr Andrea Bolsano et ses deux assistants venaient d'achever la préparation du « patient ». Sexe masculin, type oriental, la quarantaine, torse velu. Une préparation plus longue que souhaitée, précisément à cause de sa nervosité, et de la maladresse de ses « assistants ». Des brutes ignares. Mais maintenant, tout était prêt. Après un dernier coup d'œil sur la zone de chair aseptisée découverte par le champ opératoire, Bolsano tendit la main en direction de son premier assistant tout aussi transpirant et commanda :

— Scalpel.

L'instrument atterrit dans sa paume ouverte avec un claquement bref. D'un mouvement un peu trop frémissant, le praticien incisa la peau découverte par le champ, puis entailla la chair qui s'écarta en saignant. Un moment plus tard, aidé de ses assistants, suant de plus belle sous son masque et sa calotte, le Dr Bolsano achevait d'écarter les côtes de son « patient ». Mais alors qu'il se penchait sur les organes concernés, il se figea, jura d'une voix étouffée par son masque de toile :

— *Porca Puttana!*

Diagnostic sans appel. Cancer. Les deux reins.

Contrarié, Massimo « Leone » Castaldo raccrocha son portable. Son regard noir très enfoncé dans les orbites erra un instant sur les lumières du détroit de Messine, loin en contrebas, puis il laissa aller son imposante carcasse dans les coussins du profond canapé recouvert de cuir fauve en soupirant. Passant une large pogne au majeur gauche orné d'une énorme émeraude dans l'épaisse crinière grise de ses cheveux, et suivant machinalement les images muettes de l'immense écran plat fixé au mur face à lui, il réfléchit un moment, avant de réactiver son iPhone. A Malte, son frère devait s'inquiéter. En fait, un demi-frère, par son père, Donato « Dandy » Castaldo, et par une mère maltaise, veuve d'un important négociant. Une femme fière, qui avait refusé qu'il porte ce nom de Castaldo, déjà bien connu à l'époque comme étant celui d'une des Familles mafieuses de Calabre. Sur son lit de mort, des années plus tôt, le vieux *capo crimine* de l'époque avait fait promettre à son fils « Leone » de s'occuper de Jacob. Ce que celui-ci avait fait, en organisant minutieusement la ruine des ex-armateurs de la Maltese United Shipping, pour la racheter à vil prix en sous-main, au bénéfice de son demi-frère. Chez les Calabrais, on était comme ça. La Famille avant tout.

Après une courte attente, une voix rocailleuse résonna dans l'appareil :

— *Iva ?*

— *Passa me tuo padrone*, exigea Castaldo.

Présentations inutiles. Tous les correspondants de « Leone » Castaldo connaissaient le timbre sec et grinçant du *capo crimine*, le boss actuel de la branche Reggio de Calabre de la n'dranghetta.

— *Si. Subito.*

Un bref temps mort, puis :

— *Massimo ! Allora ?*

Voix essoufflée, ton anxieux.

— Désolé, Jacob. Ça a merdé. Prélèvement impossible.

— Shit ! souffla en anglais son correspondant dans un râle sourd. Ça marchera jamais ! Va falloir que j'aille…

— *Si, fratello mio ! Si !* Ça marchera, interrompit Castaldo, persuasif, mais esquissant une grimace. *Aspete !* Un peu de patience. Je te l'ai dit, j'ai une autre piste. Un peu plus longue à organiser, mais on y arrivera. On est du même sang, Jacob. Par le père. Et tu le sais, chez nous, le père ne lâche jamais rien. *Mai niente ! Capito ?*

Un silence sur le réseau, puis dans un souffle :

— *Si, fratello. Si.*

— *Bene.* Alors, tu me laisses faire. On y arrivera. *Parola d'onore*, ajouta Massimo « Leone » avant de raccrocher.

Puis à la cantonade et sans bouger du canapé :

— Micheeele !

Comme s'il avait attendu derrière la porte, un grand type efflanqué au profil d'oiseau de proie, et aux cheveux noirs réunis en catogan sur la nuque fit son apparition. Michele « Vipera » Malerba, *capo bastone*, le n° 2 du clan. Jean délavé, ceinturon à grosse boucle à tête de serpent, veste de cuir noir sur col roulé de même teinte. Fixant le boss de ses petits yeux à l'expression neutre, il s'enquit d'une voix sourde et posée :

— *Un problema ?*

Balayant la question d'un mouvement de sa crinière de lion, le boss de Calabre ordonna :

— Appelle La Rabbia. Qu'il fasse activer les Yougos. *Subito.*

— *Bene.*

Son *capo bastone* reparti, Massimo Castaldo hésita, remit le son de la télé. Loin de là, dans l'autre aile de la villa, Eugenia sa grosse épouse devait encore être vautrée devant une de ses téléréalités à la con en bouffant des sucreries, attendant qu'il la rejoigne dans la chambre conjugale. Pas envie. Vraiment pas. La plupart du temps, il passait ses soirées dans une de ses trattorie du centre de Reggio, ou dans un de ses night-clubs, et parfois ses nuits chez sa maîtresse Almira. Mais ce soir, il était préoccupé. L'état de Jacob Pastry empirait de semaine en semaine, et pour lui aucun recours possible par la filière médicale officielle. Trop risqué. Si son demi-frère avalait maintenant son bulletin de naissance, non seulement tout serait à refaire du côté des Maltais, mais les flics de là-bas risquaient de débusquer quelques détails le concernant dans les affaires de son demi-frère. La suite était facile à imaginer. Echange d'infos interpolices. Le pôle anti-mafia lui tomberait dessus. Mauvais. Car contrairement à ce qu'il avait affirmé au téléphone, le boss de Reggio n'avait à ce jour qu'une seule autre « piste ».

En Slovénie.

Encore incertaine, délicate, et difficile à exploiter rapidement. Mais il n'avait pas le choix.

Ne restait plus qu'à espérer.

Sous la table, Natacha avait serré les cuisses, emprisonnant la main de Jozip Cioban. Sa bouche carminée de rouge intense littéralement plaquée à son oreille, elle dut encore crier pour se faire entendre malgré la sono poussée à plein régime.

— Dis, Jozip… tu as mon petit cadeau ?

Insidieuse, la main de Jozip Cioban s'était enfoncée davantage sous le collant de Natacha. Mais ce soir, Jozip Cioban avait les pensées ailleurs. La proposition de Fakin l'obsédait.

— Jozip ! Arrête ! Tu vas…

Sur la banquette, Natacha se tortillait en protestant d'une voix ramollie par l'alcool.

— Arrête, Jozip ! Tu es fou !

Jozip Cioban n'écoutait pas. D'une part à cause de la sono assourdissante, d'autre part, parce qu'il réfléchissait. Assis face à lui à cette table du carré VIP du Blue Club de Ljubljana, Tadej Fakin attendait sa réponse. Proposition d'association sur un achat de coke bolivienne, via l'Espagne et l'Italie. Grosse quantité, écoulement garanti sur le secteur, voire sur Zagreb en Croatie. Enormes bénéfices. Mais pour ça, il fallait investir. Beaucoup. Et bien que tenté, Jozip Cioban hésitait. La dope, pas sa spécialité. Lui, c'étaient les filles. Le proxénétisme local, et la vente de futures putes sur les réseaux étrangers. Des Croates ou des Slovènes, souvent très jeunes, pour certaines encore vierges, pour la plupart ignorant la nature de leur futur boulot chez les « riches » étrangers. Le travail de Cioban, les recruter, leur promettre un job honnête et rémunérateur en Allemagne, en Italie, en France, voire plus loin encore. Ensuite, il livrait les postulantes aux passeurs de la frontière italienne toute proche, qui les proposaient aux big macs de leur destination finale, qui les vendaient enfin aux divers maquereaux locaux. Un trafic tout simple, dont les sommes récoltées transitaient inversement par les mêmes canaux. En liquide. Bien sûr, cela éveillait quelques tentations chez les intermédiaires, et parfois, un petit larcin avait lieu par-ci par-là au passage. Une seule fois.

Parce qu'un mort ne vole pas deux fois.

Bien sûr aussi, privées de papiers et comprenant ce à quoi on les destinait, quelques filles faisaient un peu de foin. Alors forcément, on était obligé de sévir. Une ou deux grosses corrections, une dizaine de viols à la file, et si ça ne suffisait pas, quelques shoots à l'héro pour réduire leur cerveau en bouillie. Des punitions qui n'allaient presque jamais jusqu'au meurtre.

Parce qu'une pute morte, ça ne rapporte rien.

— Jozip ! Tu… Tu exagères !

Pour Jozip Cioban, un super-business. Plutôt beau gosse, charmeur et fin psychologue, il était number one au concours des rabatteurs de la région. Et très à l'aise côté fric. Alors au Blue Club, sa table VIP était réservée à l'année, le champagne, la vodka et le scotch y coulaient à flot, et question meufs, c'était carrément le plein. Toutes catégories. De la secrétaire à l'épouse déçue cherchant le grand frisson, en passant par la jeune ambitieuse prête à tout pour échapper à sa condition de quasi-misère. Comme cette nana qu'il s'était levée la veille au vernissage de l'expo d'un peintre local en phase ascendante. Natacha. Une vague starlette en recherche de cachets, à laquelle il avait laissé croire qu'il lui présenterait de grands producteurs de cinoche. Une bombe, qui pour ne pas se retrouver comme sa mère, à changer les pansements purulents et à vider les bassins d'excréments au centre hospitalier Univerzitetni Klinicni Center, finirait sans doute dans l'univers du X.

Là, il connaissait du monde.

D'ordinaire, Jozip Cioban virait ses conquêtes presque aussitôt consommées. Pas Natacha. Trop bonne. Genre Miss Monde de la baise. Celle-là, il allait se la garder un peu. Même si, pour ça, il devait finir par lui acheter cette minable bague, qu'il lui avait également promise. Un truc en demi-toc. Pas de quoi écorner ses économies.

Bref, question sexe et finances, Jozip Cioban était un mâle comblé. Alors, le monde de la dope…

— Hé ! Qu'est-ce que t'en dis ?

Au-dessus de la table pleine de bouteilles et allumé par les fluos, le regard de Tadej Fakin cherchait celui de Cioban. Il attendait une réponse, et Cioban hésitait toujours. Ingurgité trop de vodka. Esprit embrumé.

— Jozip ! Arrête ! Tu vas finir par…

Et cette conne qui n'arrêtait pas de se tortiller sous ses doigts et de hurler dans son oreille… Et cette sono de merde qui…

— Jozip ! T'es dans ce coup, oui ou non ?

Penché en avant, Tadej Fakin s'impatientait. Il fallait…

— Jozip ! Merde ! T'es… putain, t'es… t'es en train de ruiner mon collant !

Agacé, Cioban cracha.

— Ta gueule, toi !

Mais il n'était plus dans l'ambiance. Otant sa main de l'intérieur du collant de la bombasse, il l'essuya sur sa cuisse, repoussa Natacha contre le dossier de la banquette, et se penchant à son tour vers Fakin pour proposcr d'cn rcparler plus tard, il sentit soudain une vibration dans sa poche. Réprimant un juron et s'excusant d'un vague signe à l'adresse de Fakin, il ouvrit son portable. A l'écran, un nom s'était inscrit. Ou plutôt, deux lettres.

« Go. »

Pour Goran. Le premier lieutenant du boss de Ljubljana. Le clan Malavic.

Aussitôt et malgré la vodka, les neurones de Jozip Cioban s'activèrent. Goran, c'était du sérieux. D'un nouveau signe à l'adresse du big dealer frustré, il quitta la table, décrocha, jeta dans le combiné :

— *Trenutek.* Un instant.

Puis s'isolant du bruit à l'entrée du night-club, il lança dans l'appareil :

— *Da ?*

Sur le ton interrogatif, mais il savait déjà ce qui allait suivre. Dans l'écouteur, son correspondant dit seulement :

— *Zacel delovanja.* Lance l'opération.

Un léger frisson parcourut l'échine du maquereau.

— O.K.

— Les deux sujets.

— Euh... *Da ! Da !*

— Pour les détails, on te rappelle.

— O.K., répéta le maquereau, la gorge soudain serrée.

Goran avait déjà raccroché, et Jozip Cioban en fit autant. Mal à l'aise. Avec le temps, il avait presque fini par mettre cette affaire en stand-by. A l'époque, Goran ne lui avait fourni qu'un minimum d'infos, plus quelques menus détails concernant ses deux « cibles », mais rien sur le fin mot de l'histoire. D'ailleurs, une autre opération aurait peut-être lieu à la place de celle-ci. En attendant, il devait se tenir prêt pour le cas où. Si l'affaire se faisait avec lui, il ramasserait un gros paquet de dollars. A condition d'éviter toute bavure. Impérativement.

Jozip Cioban avait signé des deux mains.

Un coup de prime abord classique. Facile, même. Parfaitement dans ses cordes. Deux gonzesses. Des sœurs jumelles, belles, excellente santé et très sportives. Des gymnastes. A « traiter » ensemble, sitôt le feu vert envoyé. Sauf que ces « marchandises-là » étaient loin d'avoir le profil idoine...

Et qu'entre-temps, elles avaient disparu.

Déménagé. Introuvables. Et leurs portables ne répondaient plus. La totale. Mais ça, ce soir, Cioban ne l'avait pas dit à Goran. Parce que après avoir accepté les termes de ce « contrat » un mois plus tôt, il aurait dû appliquer la première consigne de son correspondant : ne pas les perdre de vue. Une erreur qui l'inquiétait désormais. Car dans l'engrenage hyper violent de la mafia slovène où ses activités l'avaient obligé à mettre le doigt, il avait commis une faute grave, très lourde de conséquences.

CHAPITRE III

— *Putana!* On va être à la bourre !

— On s'en fout.

Le silence retomba dans l'habitacle du 4x4 Cherokee, et sur la banquette arrière, Jackie « Addict » Sparo se remit à pianoter sur l'écran de son smart phone. Il se foutait effectivement d'être en retard. En l'occurrence, ce voyage à El Paso pour cette rencontre entre leur boss et les nouveaux *jefes* de Ciudad Juárez. Un deal sûrement important, à en juger par la nervosité du patron ces derniers temps. Mais l'attente s'éternisait, la porte au fond de la ruelle ne s'ouvrait toujours pas, et l'avion n'attendrait sûrement pas. Mais après tout, c'était l'affaire de Scorsio. Alors autant tuer le temps le mieux possible.

En s'amusant un peu.

Les jeux. Péché mignon du flingueur. D'où son surnom d'« Addict ». Très amateur de réussites, le deuxième garde du corps du *sotto capo* profitait de chaque moment d'inaction pour tenter le super-score. Un jour, quand il aurait chargé le bon logiciel, il se mettrait aux échecs. Une vieille envie. Histoire de jouer les intellos, et d'épater Abe « Spaghetti » Caseli. Le chef de leur *regime* de protection rapprochée, qui s'impatientait sur le siège avant du passager, près de Fabio « Chico » leur chauffeur, un chicano, ancien flingueur des *zetas* de Cuidad Juárez. Une jeune brute à la détente hyperfacile, qui avait dû s'exiler aux States pour échapper à une obscure vengeance. Genre buté taciturne au crâne rasé, tatoué un peu partout, engagé depuis peu dans le groupe. Un de ces *asesinos* latinos sans âme, tout juste sorti d'une adolescence largement criminelle, dont le regard noir, fixe et luisant, affichait en lettres de feu le nombre de vies qu'il avait supprimées au Mexique. Incalculable.

— *Yeah!*

L'exclamation de Jackie Sparo fit sursauter Abe « Spaghetti » sur le siège avant. Agacé, ce dernier s'écria :

— *Bitch!* T'es con ou quoi ?

Près de lui, le regard glacé du chicano était monté vers le rétro, fixant Sparo dans la pénombre. Absolument sans expression.

— *Yeah!* s'exclama encore le flingueur de l'arrière en brandissant triomphalement son smart phone. Je l'ai battu, ce putain de record ! Je l'ai niq.

— *Nice!*

Une voix nouvelle, inconnue. Grave et basse. Dans le même temps, une ombre avait jailli à la portière gauche du Cherokee et quelque chose fusa par la glace ouverte, accompagné d'une sorte d'éternuement. Sur le siège du passager, Abe « Spaghetti » Caseli sursauta de nouveau. Cela avait été si brutal qu'il crut être le jouet d'une hallucination, puis il y eut un autre éternuement et il se sentit éclaboussé. Avant qu'il ne réalise la situation, il reçut quelque chose de chaud sur la figure, vit d'autres « choses » s'écraser sur le pare-brise, eut l'impression de cauchemarder. On aurait dit des cheveux, du sang, et comme des morceaux…

Simultanément, l'épaule du chauffeur chicano avait basculé contre la sienne, et, instinctivement, il avait entamé un mouvement de recul sur son siège, tout en arrachant le Smith & Wesson.38 de sous sa veste.

Pas assez vite.

Au même instant, il y eut un autre éternuement caractéristique. Coup de feu avec silencieux. Il encaissa un énorme choc dans la joue gauche, la langue, les gencives et la joue droite. Sa bouche s'ouvrit sans qu'il l'ait décidé, et un flot de sang mélangé à des lambeaux de chair et des éclats de dents en jaillit, lui inondant le buste et les cuisses. Sans son mouvement réflexe, il aurait eu le crâne éclaté. Mort sans souffrances. Au contraire, dans la foulée, une épouvantable douleur lui dévasta tout le bas du visage, traversé de part en part.

Mais « Spaghetti » Caseli était un coriace. Sans qu'il ait eu le temps d'analyser vraiment la situation, son bras armé s'était relevé, cherchant l'ombre noire, qui, comme par magie et à une vitesse stupéfiante, s'était déplacée dans le cadre de la portière arrière gauche. Hélas pour le chauffeur, son corps déséquilibré s'écroulant en avant détourna son mouvement, à l'instant précis où il amorçait le geste de basculer le levier de sécurité du S & W.

Pas le temps.

A l'arrière gauche de l'habitacle, Jackie « Addict » Sparo cria :

— *What is...*

Tandis qu'une troisième détonation étouffée résonnait, Pizzi encaissa un deuxième choc en pleine tempe. Sa tête ballotta violemment, allant percuter le haut du cadre du pare-brise. Tandis que son corps s'affaissait contre le tableau de bord dans un geyser de sang, un juron s'éleva de l'arrière du 4x4 dont la portière venait de s'ouvrir, allumant le plafonnier. Suivit un quatrième éternuement et un cri de douleur, aussitôt avorté dans une sorte de vagissement étranglé.

— Où sont les deux autres ?

Sur la banquette arrière, complètement déstabilisé à la vue des deux autres écroulés à l'avant, Jackie « Addict » Sparo réalisa trois choses en même temps ; son smart phone était toujours dans son poing gauche ; son arme n'était plus dans son poing droit, envolée ; une douleur à son poignet droit. D'abord supportable à l'instant du choc, maintenant à hurler. C'est là qu'il réalisa qu'il n'avait plus de poignet. Rien qu'une bouillie, entre son avant-bras et sa main. Cassée en arrière, inerte. Avec plein de chaud qui coulait sur lui. Encore saisi, il sentit un objet dur et chaud s'enfoncer dans sa tempe gauche, tandis que la voix sinistre insistait :

— *Where, exactly ? Up ? Down ?*

En haut ou en bas. Malgré la douleur, le flingueur comprit que l'inconnu connaissait déjà les lieux. L'atelier au rez-de-chaussée, le bureau à l'étage. Seule inconnue, qui était ce connard qui…

— *Quickly…*

Mise en garde ponctuée par le déclic contre sa tempe. Dernière étape avant le choc du percuteur sur la douille du projectile. Juste avant la mort. Comme si sa parole se dissociait de son esprit, il s'entendit lâcher :

— *Down.*

Le désarroi, la vision de cauchemar à l'avant du 4x4, la trouille viscérale du néant. L'objet dur et chaud s'enfonça davantage dans sa tempe, et la voix basse insista :

— Tu mens.

— *No ! No !* Sur la tête de…

— Je te crois.

Ce furent les derniers mots enregistrés par le cerveau du flingueur.

Un lourd silence chargé d'odeurs de cordite et de sang emplit l'habitacle du 4x4, la portière arrière se referma doucement, et l'Exécuteur disparut comme il était apparu.

— Mate bien cette tronche, Arnie !

Arnie Tocker fixa le grand bristol glacé brandi devant lui par Frank « Big » Scorsio dans la lumière de la lampe de bureau. Il hocha la tête, fit la grimace, grogna :

— Vraiment une sale gueule, ce connard.

Un rictus au coin des lèvres, le boss de South Sacramento quitta son fauteuil, tendit la photo à son *sotto capo* en grinçant :

— Ouais ! T'auras tout le temps de l'imprimer dans tes neurones pendant le voyage, sa sale gueule de connard. Et t'as intérêt, parce que sa sale tronche, à ce connard, paraît qu'on l'aurait aperçue en ville.

Rien n'était sûr. Des rumeurs. Mais dans cette éventualité, le boss de South Sacramento avait fait doubler les effectifs de protection. Une bagnole dans la ruelle, deux gars au rez-de-chaussée, avec ça, ils étaient tranquilles. Et puis, rien n'indiquait non plus que le Fumier souhaitait s'en prendre à leur clan. Trois autres Familles se partageaient le reste de la ville. Dont deux, nettement plus puissantes que la leur. Alors depuis cette dernière hécatombe de Bolan la Salope, quelque temps plus tôt sur le cartel de Ciudad Juárez, les nouveaux *jefe* se faisaient un peu tirer l'oreille pour leur donner l'exclusivité de leurs ventes sur la ville. Il allait falloir passer le Rio Grande, pour aller négocier chez eux et…

De vagues sons venus de l'atelier situé en dessous interrompirent les pensées du boss, et naître un rictus sur les lèvres de Tocker. Pointant le pouce vers la porte du bureau, ce dernier plaisanta, mauvais :

— Si cet enfoiré se pointe, on l'attend.

— Y a intérêt, ricana Scorsio.

Laissant tomber le portrait-robot du Fumier sur le bureau, il pressa en repoussant son fauteuil :

— Maintenant, rapplique. Manquerait plus qu'on rate ce zinc. Les bouffeurs de tortillas nous attendent. Après ça, on sera les supers cadors de cette putain de vill…

Suspendant soudain son mouvement, il s'exclama.

— Eh ! *Qué*…

Arnie Tocker vit le *sotto capo* réamorcer le mouvement de se lever, entendit un étrange « flop », vit Frank « Big » Scorsio sursauter violemment. Instinctivement, il saisit la crosse du gros S & W 9mm sous sa veste. Simultanément, il s'était retourné d'un bond, et avait aperçu l'ombre noire dans le cadre de la porte. Tandis que le S & W jaillissait de sous sa veste, il y eut trois éclairs, accompagnés de trois autres « flops ». Avant même d'avoir eu le temps d'enfoncer la détente du S & W, le *sotto capo* sentit le bas de sa face exploser. Il voulut ouvrir la bouche pour rameuter ses troupes, mais elle était déjà ouverte. Béante. Quelque chose ricocha sur son buste, tomba à ses pieds. Instinctivement, il baissa les yeux, eut l'impression d'halluciner.

Son menton et toute une partie de mâchoire inférieure ! Par terre !

Comme un dingue, des cymbales plein le crâne, saisi d'un vertige brutal mais emporté par l'action, son index allait enfin peser sur la détente du S & W, quand à l'ultime centième de seconde la silhouette sombre disparut comme elle était apparue. Volatilisée. La vue brouillée, fou de douleur et de panique, le chef des killers parvint à lâcher deux 9mm, qui se perdirent dans le décor. Instinctivement, son doigt amorça une nouvelle pesée sur la détente de l'arme, mais il n'eut pas la force d'en faire plus. Une autre série de chocs lui défonça le poitrail. De plus en plus brouillée, sa vue enregistra l'image imprécise de la silhouette noire soudain réapparue, et d'une face émergeant de l'ombre, et d'un regard. Glacé. Celui de la mort.

La carcasse du *sotto capo* s'affala sur le parquet, et il ne bougea plus. Sans un regard pour le cadavre, la silhouette noire alla se pencher dans le fauteuil où le *capo* du clan Scorsio essayait encore de se redresser. En vain. Haletant, un filet de sang lui coulant de la bouche, il fixait la silhouette noire d'un regard douloureux. Et effaré. Un regard qui obliqua instinctivement vers la porte demeurée ouverte. Qu'est-ce que ses gars foutaient !

— Morts, gronda une voix au-dessus de lui. Tous morts. Ceux du 4x4 et ceux d'en bas.

Frank Scorsio sentit ses boyaux se tordre. Ses neurones s'étaient figés. Dans la pénombre du bureau, il distinguait à peine la face penchée sur lui. Brutalement, le luminaire sur pied situé tout près s'alluma, tandis que la voix enchaînait :

— Vous avez dit une sale gueule, ton flingueur et toi ?

Parce que, cette fois, le visage du tueur était en pleine lumière, le Latino-Américain put voir ses traits avec précision, et dans ses boyaux déjà en feu, ce fut soudain l'enfer. Sous son crâne aussi.

Bolan le Fumier ! Comme sur la photo du portrait-robot… en bien pire encore !

Et cette voix ! Glacée comme le néant, qui déclara :

— Vous allez le rater, cet avion, les supers cadors.

Et comme pour le confirmer, il acheva le boss de South Sacramento et sortit comme il était entré. En silence. Un autre rendez-vous l'attendait. En Italie. En Calabre.

Le fief de la n'dranghetta.

— Jozip ?

Les paupières lourdes de sommeil, Jozip Cioban grogna dans son portable :

— Non. C'est le pape !

Sa mauvaise humeur n'était due qu'à l'abus de vodka. Encore une soirée trop chargée au Blue Club, avec cette conne de Natacha qui l'avait encore emmerdé à propos de cette bague de merde ! Son petit cadeau ! En fait de cadeau, et malgré ses compétences en matière de baise, il l'aurait bien virée à coups de pompe dans le derche au petit matin dès leur sortie du night, pour la refiler à ses acheteurs italiens. Une baiseuse de cette qualité, ça pouvait atteindre des tarifs à tout péter, chez les macs ritals, français ou allemands. Au lieu de ça, prétextant une big migraine, pas complètement fausse, il s'était contenté de l'envoyer dormir chez sa mère. En douceur cette fois, avec une requête. Un petit service à lui rendre. Un peu délicat, mais capital. A cause de l'idée fulgurante, géniale, née d'une révélation survenue l'avant-veille, alors que, taraudé par l'anxiété à propos du contrat de Goran, il triturait sa mémoire sur ce truc qui l'obsédait depuis le feu vert du sous-boss de Ljubljana.

Les « menus détails ».

Ceux énumérés par Goran au moment de leur accord un mois plus tôt, à propos des fameuses sœurs jumelles. Plus exactement, UN des détails en question. Essentiel.

Ça, c'était au petit matin.

Encore vaseux, le maquereau loucha du côté de sa montre, fit la grimace. 16 h 45. Il avait dormi près de douze heures. Et cette conne qui venait déjà l'emmerder.

— Jozip ?

— Ouais ! Qu'est-ce que tu veux !

— C'est ma mère !

— Quoi, ta mè…

Subitement, Jozip Cioban réalisa. Sa mère. La femme de soins de l'U.C.K. Comme par miracle, les brumes se dissipèrent dans sa tête, tandis que Natacha hésitait :

— Euh… c'est à propos de ce que tu m'as demandé. Tu sais, ce renseignement…

— Ça va ! Accouche !

— Ben… cette nuit, pendant sa garde, ma mère a pu fouiller un peu dans les dossiers du service.

Celui de la banque du sang de l'hôpital. Complètement réveillé cette fois, le mac sentit l'excitation le gagner.

— D'accord, d'accord ! Alors ?

— Ben, je crois qu'elle a trouvé ce que tu voulais. Je veux dire, ces deux filles. Les jumelles. Ma mère a trouvé leurs fiches. Elle les a copiées comme tu le demandais et…

Jozip Cioban n'écoutait plus que d'une oreille. Elle avait fait vite, la petite salope ! Décidément une bonne gagneuse ! Fiévreux, il fouillait déjà le tiroir de la table de chevet à la recherche d'un stylo. L'instant d'après, il griffonnait les infos transmises par Natacha au dos de son paquet de cigarettes, tandis que la starlette insistait dans le combiné :

— Dis, Jozip… tu feras ce que tu m'as promis, hein ? La bague, les contacts dans les milieux du cinéma…

Bien sûr, qu'il allait faire ça ! Bien sûr ! A sa manière à lui. Mais déjà, le maquereau songeait au paquet de fric évoqué par Goran. A condition de ne pas se louper.

Sinon…

CHAPITRE IV

L'U.C.K., le centre hospitalier Univerzitetni Klinicni de Ljubljana ressemblait à un immense paquebot de croisière. Pas trop neuf, mais le genre de complexe qui inspirait confiance. Jozip Cioban n'y avait mis les pieds qu'une seule fois, deux ans plus tôt, pour une épaule déboîtée à la suite d'une rixe entre proxénètes rivaux. Peu après, l'auteur de sa souffrance était passé directement par la morgue de l'établissement. Trouvé mort sur la voie publique, trois balles, deux dans le thorax, une dans la nuque. Bien sûr, Jozip Cioban s'était forgé un solide alibi. D'ailleurs, les flics ne l'avaient même pas interrogé. Un mac de moins sur la place, c'était toujours ça de gagné. Depuis, personne ne l'emmerdait. Il avait marqué son territoire, et, en plus, il était maintenant parrainé.

Le clan Malavic.

A Ljubljana, personne n'aurait osé attaquer un des protégés de la Famille. Sauf, bien sûr, si celle-ci levait sa protection. Une éventualité à laquelle Cioban préférait ne pas songer. Trop de concurrents louchaient sur ses réseaux. De vrais méchants comme lui. Aussi, dès le coup de fil de Natacha s'était-il jeté hors du lit pour activer les gros bras de sa task force locale. Les cousins Kmet. Puis, grâce aux infos fournies par la mère de la starlette, il avait sauté dans sa BMW, avait longuement inspecté l'environnement du nouveau domicile de ses cibles. Une barre d'immeubles gris et tristes de la banlieue est de la ville. Ayant ensuite passé l'après-midi à établir son plan, il avait donné ses dernières instructions aux cousins positionnés aux abords de l'objectif. Quatre forces de la nature, à l'occasion très sanguinaires. Des durs de durs, qui avaient fait suffisamment de taule au cours de leurs « carrières », pour devenir extrêmement teigneux. A la tombée de la nuit, ils avaient vu les filles regagner ensemble leur nouveau domicile à bord d'une vieille Fiat verte, et à plus d'1 heure du matin à présent, elles y étaient toujours.

Pour Cioban, c'était le moment.

Quittant sa BMW stationnée sur le parking quasi désert de l'U.C.K., il gagna l'accueil des urgences pour passer à la phase 2 de son plan. Un petit scénario en forme de mouvement d'horlogerie, dont le bluff et le facteur chance constituaient les pièces maîtresses. Plus son joker : sa belle gueule de voyou. Dans la salle d'attente, quelques éclopés aux mines résignées et un trio d'ivrognes bruyants affalés dans un coin attendaient d'hypothétiques consultations.

— Monsieur ?

Avec ses cheveux jaune terne grossièrement noués en chignon au sommet de la tête, sa face ingrate et ses yeux bleus rougis de fatigue, la réceptionniste observait Cioban, l'air interrogateur et revêche… puis soudainement radouci. C'était toujours comme ça. Quels que soient leur âge et leur milieu social, les femmes levaient toutes le même regard sur Cioban. Et sa recette à lui était toujours la même. Œil de velours, voix suave, enjôleuse. Cette fois encore, la bonne recette. Sur la tempe de la fille, à la lisière des duvets jaunes, une petite veine s'était mise à battre.

— Vous désirez ?

Avec une esquisse de sourire presque timide, Jozip Cioban se pencha vers la fille pour expliquer à voix basse :

— Mon oncle Javor a été admis ici dans la soirée. Un accident sur la voie publique.

Une dernière info, également obtenue parmi d'autres, par l'intermédiaire de Natacha la starlette. Il insista :

— Si je pouvais avoir de ses nouvelles et appeler ma mère…

Exhibant son portable et désignant les appareils qui équipaient le desk, il mentit :

— Ma batterie est à plat, et si vous me permettiez d'appeler d'ici… Je ne serai pas long. Juste quelques mots.

Pour la suite de l'action, appeler d'un poste de l'hôpital était crucial. Hésitante, la réceptionniste secoua son chignon :

— Il y a des postes publics à l'accueil général…

— Je sais, je sais, coupa le mac avec un air implorant. Mais c'est sans doute fermé à cette heure, et c'est ici que mon oncle a été admis.

Poignant d'inquiétude feinte, Cioban insista encore :

— Ma mère est paraplégique. Sans nouvelles, elle doit se faire beaucoup de souci !

Encore hésitante, la préposée finit par soupirer :

— Vous dites qu'il s'appelle comment, votre parent ?

Le charme trouble du mac opérait. Couvant de plus belle l'employée de son regard velouté, il répondit :

— Lavric. Javor Lavric.

La femme pianota sur son clavier d'ordinateur, hocha son chignon jaune, décrocha un de ses téléphones, parlementa brièvement, écouta, raccrocha et releva la tête en annonçant :

— Le patient Lavric est sorti du service de radiologie. Deux fractures ouvertes du fémur ont été diagnostiquées, il est à présent en salle de préparation.

Puis de nouveau sous le charme du maquereau et adoptant un ton plus confidentiel, elle enchaîna doctement :

— Il a perdu beaucoup de sang, mais il est en de bonnes mains. Vous pouvez rassurer votre mère, ajouta-t-elle enfin en désignant un téléphone du regard, situé à l'autre extrémité du desk.

Cioban exultait. Les pièces de son plan s'ajustaient parfaitement. Tandis qu'il s'éloignait pour décrocher le combiné, la femme ajouta, l'air complice en louchant autour d'elle :

— Mais faites vite, surtout.

Se détournant des regards levés sur lui, Jozip Cioban composait déjà le numéro, prêt à débiter son texte. Le plus discrètement possible.

Réveillée en sursaut, Vesna Golec se redressa dans son lit. Son smart phone. Sur la table de chevet, le cadran du radio-réveil affichait 1 h 23. D'abord inquiète du fait de l'heure, elle se rassura aussitôt, pressentant déjà ce qui allait suivre. Confirmation immédiate, affichée à l'écran du portable. 01 522 84 08. Numéro des urgences de l'hôpital. Une suite de chiffres que sa sœur et elle avaient depuis longtemps mémorisée. Une urgence absolue de don de sang, comme cela leur arrivait parfois, toutes deux possédant un sang de même rhésus. O + ADN HLA. Un *Human Leucocyte Antigen* rare dont la transfusion ne s'appliquait qu'à des cas tout aussi rares, et à certaines transplantions d'organes sur sujets receveurs de rhésus identique.

Ce genre d'appel au don était toujours urgent. Voire vital pour une victime d'accident.

— Tanja !

Bien que jumelles parfaitement monozygotes, jeunes et saines, blondes aux yeux bleus, les deux sœurs avaient leurs particularités propres. Notamment le caractère. Posé et réfléchi pour Vesna, la gymnaste ; souvent rebelle et plus caractériel pour Tanja la judokate, que la disparition brutale de leurs parents avait fortement perturbée. Depuis, elle avait le sommeil lourd. Comme une sorte de refuge. Une dormeuse profonde, que la sonnerie du portable n'avait pas réveillée, bien qu'elle partageât la même chambre.

Habituée du fait, Vesna décrocha.

— Allô ?

— *Golec zamuditi ?* Mademoiselle Golec ?

— *Da.*

— Ici les urgences de Klinicni Center, annonça une belle voix masculine dans le combiné. Docteur Kasperdiban, l'assistant du Dr Kocijan.

Le Dr Kocijan. Vesna avait bien deviné.

— Pardon d'appeler à cette heure, enchaîna la voix agréable, mais nous avons besoin de vous de toute urgence. Un accidenté de la route. Etat grave, beaucoup de sang nécessaire. Votre rhésus commun. Pouvez-vous venir, votre sœur et vous ?

Traumatisées par la disparition de leurs parents trois ans plus tôt, les jumelles avaient signé un protocole d'accord avec l'U.C.K. Sauver des vies. Dans la mesure du possible. Depuis, ce type d'appel n'était pas rare, et les deux sœurs n'y avaient jamais dérogé. Bien qu'encore fatiguée, Vesna accepta sans hésiter :

— D'accord. On arrive.

Puis elle raccrocha et appela :

— Tanja ! Réveille-toi !

— Humm ! Quoi !

Jamais de réveil gracieux. Souvent même, un peu

teigneuse. Mais Vesna était habituée. Secouant sa sœur dans le lit voisin, elle pressa :

— Vite ! Une urgence à l'U.C.K. Un accident, un blessé grave.

Puis elle fila dans la salle d'eau du petit appartement, procéda à une toilette rapide, bientôt rejointe par Tanja. Mal réveillée, celle-ci fila sous la douche en grognant :

— Pouvait pas rester dans son lit, celui-là !

Mais en réalité, bien que de caractère plus réfractaire que sa sœur, elle était comme elle, catholique fervente, toujours prête à aider son prochain. Vingt minutes plus tard, après un café sur le pouce, vêtues d'ensembles jupe-blouson en jean et nanties de leurs dossiers médicaux respectifs, elles quittaient leur minuscule appartement pour plonger jusqu'au rez-de-chaussée, et le parking collectif. Quasiment pas d'éclairage, mais elles avaient l'habitude. La nuit était tiède, leur petite Fiat Panda les attendait sur l'emplacement numéroté. Toujours le même.

— *Hitro !* Vite ! répéta Vesna en hâtant le pas.

— *Da, da !* ronchonna sa sœur en la rattrapant.

Toutes deux savaient combien le temps comptait pour ce type d'urgence. Déjà, Vesna introduisait la clé dans la serrure de la portière de la Fiat, quand un moteur se mit à gronder quelque part sur leur droite. Simultanément, des frôlements, des bruits de pas étouffés dans leur dos. S'apprêtant à ouvrir la portière côté passager, Tanja tourna la tête, eut le temps d'enregistrer l'image nocturne de l'environnement, avant qu'une masse sombre ne plonge sur elle. Dans la seconde suivante, des bras la soulevèrent en écrasant son buste, une haleine chargée d'alcool balaya son visage, elle entendit sa sœur émettre une exclamation étouffée, voulut se débattre, crier, mais déjà, quelque chose s'abattait sur sa bouche et son nez. Quelque chose de mou, humide et froid, doté d'une odeur bizarre. De nouveau, elle voulut crier, se débattit, rua, envoya des coups de pieds vers l'arrière, frappa des coudes, et ses réflexes de judokate intervenant, elle enchaîna une prise de bras, réussit à déséquilibrer son agresseur, perçut un juron étouffé, se sentit saisie par un deuxième agresseur, fut littéralement arrachée du sol, eut l'impression soudaine que son cerveau se diluait, qu'elle devenait ivre, crut encore entendre quelque part sa sœur gémir tandis que le grondement de moteur se rapprochait… et elle s'enfonça dans un tourbillon noir.

Puis plus rien.

CHAPITRE V

Tanja Golec étouffait. Elle aurait bien voulu respirer, mais l'air passait mal par ses narines, et sa bouche refusait de s'ouvrir. Pourtant, elle devait se réveiller. Impératif. Notion de malaise. Profond. De danger, même. Pas encore très précis, seulement obsédant. Elle se sentait ballottée, secouée, malmenée, sans pouvoir y remédier. Ses épaules, ses bras, ses reins heurtaient des obstacles invisibles.

Elle aurait bien voulu voir, pas le courage d'ouvrir les yeux. Ou alors, pas possible. Quelque chose n'allait pas. Quelque chose qui l'angoissait, et qu'elle ne comprenait pas. Seulement quelques bribes. Incohérentes. Avec le sentiment que tout allait s'éclaircir. Peu à peu. D'ailleurs, cela commençait. De vagues souvenirs. Très confus. Désagréables. Réveil. Contrariété. Quitter maison. Et maintenant, ce son. Ce grondement. Presque rageur, qui emplissait ses oreilles. Comme celui d'un moteur. D'une voitu…

Voiture. Parking…

— Hooon !

Elle avait gémi. Bouche close. Nez obstrué. Maintenant, elle avait peur. Vraiment. Profondément. Peur de comprendre. Que ce ne soit pas un mauvais rêve. Pas un simple cauchemar. Peur que tout ça soit…

… que tout ça soit vrai. Vesna et elle. Le parking. La voiture et…

Et tout lui revint. D'un coup. Comme la lumière d'un flash. En pleine face, en pleine mémoire. Le choc. Epouvantable. La poitrine qui s'étrécit, le ventre qui se noue. Qui se déchire. A hurler.

— Hooon… Hoooooon ! !

Un hurlement. Quasi muet. Resté dans la gorge. Dans la bouche. Obstruée. Coincée. Comme les jambes, les bras et ses poignets entravés dans son dos. Ruban adhésif. Du bout d'un doigt engourdi par la congestion, elle avait pu en effleurer la surface. Rien à faire. Trop serré, trop épais, trop lisse. Insaisissable. D'ailleurs, tout en elle se paralysait peu à peu. Sauf le cœur. Emballé. Marteau-piqueur fou. Ravageant la tête, les tempes. Inhibant ce qui lui restait de souffle.

Kidnappées !

Brutalement, l'angoisse de Tanja grimpa de plusieurs crans. Panique. Incontrôlable. Peur d'étouffer. De mourir. Sans savoir pourquoi. Sans savoir même où. Pourtant, à présent, ses yeux étaient ouverts et…

Aveugle !

Ses yeux étaient ouverts, et elle ne voyait rien. Folle de peur, elle se mit à ruer, à frapper des épaules, des genoux, de la hanche. A cogner contre ces obstacles qui l'entouraient. Qui l'emprisonnaient. A hurler, à cracher sous son bâillon. A tenter de le mordre. Pour le déchirer. L'arracher. Impossible. Ses lèvres restaient serrées. Collées. Plaquées à ses dents. Alors elle rua encore. De plus en plus fort. Et elle hurla encore sous son bâillon. A s'écorcher la gorge et les bronches. Jusqu'à devenir sourde.

Pas tout à fait.

Le grondement. Ce bruit qui ressemblait à celui d'un moteur venait de baisser. De changer de registre. Puis il y eut un crissement, un bruit de ferraille, quelques cahots, et son crâne percuta quelque chose de dur qui résonna sourdement. D'un coup de reins, elle voulut se redresser, se cogna le front contre une surface dure, qui émit le même son. L'évidence jaillit tel un coup de couteau dans ses entrailles. Elle était enfermée. La terreur monta en elle comme une vague déferlante, qui balaya sa raison. Enfermée dans un cercueil !

En nage, le corps entier bandé pour pousser de la tête contre le couvercle, elle se mit alors à hurler sans discontinuer sous son bâillon. Toutes pensées gelées. Panique viscérale. Animale. Au point qu'elle n'entendit pas les sons métalliques qui suivirent, pas plus que les voix. Seul fait nouveau, sa vue : plusieurs points ronds, là, juste au-dessus de sa tête. Luminosité blanche, mouvante. Elle ne réalisa que lorsque le couvercle du cercueil se souleva. Planches grossières. Percées de trous. Comme celles d'une caisse.

Pas un cercueil… une caisse pour animaux !

— Fais pas chier, toi !

Une haleine chargée. Alcoolisée. Tanja se souvint. Le parking. Son agresseur. Affolée, elle se débattit, reçut un coup violent si brutal que son front donna l'impression d'exploser, et en percutant le fond de la caisse, l'arrière de sa tête provoqua un craquement dans le bois. Des lucioles plein les yeux et à demi groggy, Tanja rua de nouveau, parvint même à lancer ses jambes entravées vers le haut. Elle perçut un juron en slovène, enregistra de nouveau l'haleine chargée d'alcool, encaissa un autre coup. Dans le ventre. Si fort qu'elle en perdit le souffle. Une nausée la tordit, elle vomit sous son bâillon, s'étouffa, cracha, entendit la même voix d'homme ordonner en slovène :

— On arrive à la frontière. Pique-la.

Elle eut le temps d'entrevoir deux silhouettes penchées au-dessus de sa caisse, distingua une face imprécise, son bras droit fut brutalement empoigné, elle sentit qu'on relevait sa manche. Elle essaya de lutter encore, mais en même temps que l'haleine écœurante lui revenait en pleine face, une masse enfonça sa poitrine pour la clouer au fond de la caisse, tandis qu'on coinçait son bras. Puis il y eut la piqûre. Douleur aiguë. Elle se débattit, rua de nouveau, cogna des genoux, entendit un juron, parvint à dégager son bras, ressentit comme un coup de couteau dans la hanche. Violent. Au-dessus d'elle, l'homme jura :

— Bordel de… j'y arrive pas…

Tanja encaissa un nouveau coup. A l'estomac. Elle

vomit encore sous le bâillon, fit un reflux, vomit cette fois par le nez, entendit l'homme à l'haleine fétide s'exclamer :

— Putain ! Dégueulasse !

Dans la lutte qui suivit entre elle et son bourreau, Tanja entendit encore celui-ci jurer de plus belle dans un souffle plein d'alcool :

— La salope ! Elle en a foutu la moitié en l'air, cette pouff ! Presque toute la dose et… Merde ! L'aiguille est pétée !

— C'est bon, fit une autre voix. Y en a encore. Repique-la comme ça.

Le bras de Tanja fut de nouveau coincé, subit une deuxième piqûre, une brûlure dans le muscle. Elle cria, cracha un jet de bile dans son bâillon, se tordit de côté, eut de nouveau l'impression d'une déchirure à la hanche, entendit un autre juron, fut saisie d'un vertige, enregistra des picotements un peu partout, et d'un coup, elle cessa de lutter. A l'instant où son corps sombrait vers les abysses, elle perçut encore la même voix qui ordonnait :

— … frangine aussi… la piquer…

Puis elle n'entendit plus rien. Ne ressentit plus rien.

Massimo « Leone » Castaldo referma le livre des comptes, le repoussa sur la grande dalle de verre qui tenait lieu de bureau, en direction de Maxi Sordi, le gérant du night :

— Ramasse ça, dit-il avec sa morgue habituelle.

Sordi n'était qu'un prête-nom. Un homme de paille. Pas un *vero amico*. Le dernier cercle *della famiglia*. Autrement dit, rien qu'un simple instrument. « Leone » Castaldo alluma un de ses Monte Christo favoris, se renversa contre le dossier de son fauteuil, lâcha un lourd nuage de fumée bleue vers le plafond laqué de rouge, et au gérant qui s'apprêtait à quitter la pièce, il ordonna :

— Dis à Basco de faire monter la *nuova*.

Cette semaine, le bilan du Cocos n'était pas fameux, et si les chiffres du Millenium étaient nettement meilleurs, le *capo* de Reggio était de mauvais poil. Même pas envie de rejoindre Almira, sa maîtresse régulière du moment. Dans ces conditions, un seul remède au spleen. Bizutage de la « *nuova* ». Une nouvelle serveuse, débarquée trois jours plus tôt, et à l'essai pour un mois… ou une semaine. Au Cocos comme au Millenium et les trois autres clubs de la ville, les serveuses ne restaient pas très longtemps. Celles qui vieillissaient trop vite, et celles qui rechignaient à « passer sous le bureau ». Virées sans crier gare. Pour incompétence. Après tout, ces petites salopes savaient exactement à quoi s'en tenir, dès le début. Radio-comptoir ne fonctionnait pas pour les chiens. Une fois, l'une d'elles s'était plainte aux services sociaux de la ville. Une seule. Après sa noyade durant une baignade à Campomarino, aucune plainte n'avait plus été déposée. A Reggio, pas un fonctionnaire n'aurait cherché à contrarier don Massimo. Trop généreux avec la ville. L'église, les écoles religieuses, et les maisons de retraite… dont il était propriétaire par hommes de paille interposés. Plus les ordures de la cité. Quant à l'homologation de leurs décharges… Un *vero benefattore*.

Un vrai bienfaiteur. Presque un saint.

— Don Massimo ?

Arraché à ses pensées, le boss de Reggio releva les yeux.

La *nuova*.

Vraie blonde, yeux verts, toutes les bonnes courbes aux endroits nécessaires, vingt-deux ans, quasi top. Tout juste débarquée de son Ukraine natale. Avec son décolleté jusqu'au nombril, sa micro mini jupe rouge fluo, ses collants gris fumée, ses escarpins pailletés et son délicieux accent roucoulant de Kiev, elle avait exactement l'allure requise au Cocos.

L'entraîneuse type.

— Ferme la porte.

La voix sèche et grinçante de don « Leone » en imposait toujours. A la fois autoritaire, et persuasive. Celle d'un vrai leader. La serveuse obéit, et tandis que le boss commençait à ouvrir sa ceinture sous la dalle de verre du bureau, elle s'avança vers celui-ci en balançant des hanches. Une lascive, qui savait ce qu'elle venait faire, et qui avait bien l'intention de décrocher son C.D.I. Pas une de ces emmerdeuses qui…

Téléphone portable dans la poche de veste de Castaldo. D'abord, celui-ci eut envie de ne pas répondre, mais la sonnerie aiguë était trop agaçante. Il sortit l'appareil pour couper le contact, avisa la lettre inscrite à l'écran : V.

Pour Michele « Vipera » Malerba. *Son sotto capo.* Impossible de différer. V n'appelait jamais le boss à l'extérieur sans raison sérieuse. Surtout au milieu de la nuit. Faisant signe à la *nuova* d'attendre, il établit la communication, maugréa :

— *Si ?*

Dans l'appareil, la voix sourde du *sotto capo* annonça sobrement :

— Les colis ont passé la frontière.

La nouvelle redressa Castaldo dans son fauteuil. Si ce plan allait jusqu'à son terme, il serait lavé du fiasco de Manduria, et le business s'en ressentirait. Le business à grande échelle. Grâce à Malte, et à sa flotte aux pavillons de complaisance. Décollant le combiné de son oreille, il jeta à la *nuova* qui attendait, immobile :

— Casse-toi. On te rappellera.

Tandis que la fille disparaissait en balançant des hanches, il se rajusta prestement en jetant dans l'appareil :

— *Va bene.* Suis l'affaire de près. J'appelle Malte.

Il coupa la communication, composa un numéro, sans se soucier de l'heure. Dans son état, Jacob Pastry ne dormait jamais profondément.

— *Iva ?*

Visiblement, son baby-sitter non plus.

— *Passa me tuo padrone.*

— *Si. Momento.*

Une petite minute s'écoula, puis :

— *Massimo ! Allora ?*

Souffle court, timbre chargé d'angoisse.

— *Tutto va bene, fratello ! Tutto va bene !* Comme je te l'avais promis, on a dégoté le matériel idéal…

— *Maria Santa !*

Comme les Italiens, les Maltais avaient le sens du religieux.

— On t'attend où tu sais, enchaîna le *capo* de Reggio. Tu connais l'établissement, tout sera prêt.

— *Santa Maria ! Tu sei un vero fratello, Massimo ! Un vero…*

— *Si, si*, coupa Castaldo. *Si… domani.* A demain.

Et il raccrocha, soulagé. Il avait fait son devoir. Et, en plus, le business avec Malte allait pouvoir reprendre normalement.

Finalement, la Famille avait du bon.

CHAPITRE VI

Cela fit comme un rideau qui se lève. Tanja eut l'impression d'émerger d'un sommeil pénible. Agité. Et très court aussi. Comme si elle s'était tout juste assoupie. Ou très long, comme si elle s'était évanouie. Enfin, elle ne savait plus. Toujours l'obscurité, des douleurs partout. En flou. Comme si elle allait retomber dans l'inconscience. Malaise passager… Et puis tout lui revint comme un grand coup à l'estomac. Le souffle coupé. Le bâillon et cette douleur à la hanche. Et puis…

Vesna ! Est-ce que Vesna… est-ce qu'ils avaient également kidnappé sa sœur ? Puis elle se souvint des dernières paroles du deuxième type, juste avant qu'elle ne sombre dans le sommeil. Ils avaient fait la même piqûre à sa sœur ! Vesna était là, sûrement tout près. Tanja voulut crier, appeler, mais encore une fois, elle ne put qu'émettre un affreux borborygme sous le bâillon. Affolée et prise d'une rage qui montait en elle comme une vague bouillonnante, elle se débattit, frappa des épaules, des genoux, des pieds contre les parois de sa prison. Son caractère entier, voire emporté parfois refaisait surface. Sous ses coups, le bois résonnait si fort que les sons battaient sous son crâne à la manière de gongs. Au-delà, elle entendait toujours ce grondement de moteur. Rageuse, elle rua, rua encore et encore, jusqu'à ce que la douleur la stoppe.

L'impression d'une lame, d'une ferraille quelconque, qui coupait, qui hachait la chair de sa hanche gauche. Comme c'était arrivé plus tôt. Une énorme écharde, ou un morceau de métal qui lui faisait…

Fiévreusement, des idées folles plein la tête et à bout de souffle, Tanja cessa de frapper autour d'elle pour essayer de se tourner. Pour offrir peu à peu son dos à la blessure de la chose en question. Manœuvre difficile, à cause de l'exiguïté. Griffant sa peau et se râpant la face aux aspérités du bois, elle y réussit pourtant, et déjà, du bout de ses doigts engourdis par l'adhésif de ses poignets, elle tâtonna un instant, jusqu'à ce qu'elle trouve… un clou.

Un clou tordu, rugueux, apparemment rouillé, qui dépassait d'une planche. Environ deux centimètres d'acier. Haletant sous le bâillon, au prix de nouvelles contorsions et galvanisée par une lueur d'espoir forcené, Tanja Golec parvint à positionner ses poignets réunis en contact avec le clou, sentit celui-ci frotter contre l'adhésif.

Frotter, puis s'y accrocher.

A cet instant, le véhicule se mit à tressauter sur un sol inégal, et son moteur changea de régime. Pleurant de rage et d'une brutale crainte d'être surprise par ses agresseurs, Tanja se mit à frotter, à accrocher, à grignoter le ruban de ses poignets, s'arrachant la peau à chaque manœuvre, se meurtrissant les articulations à chaque torsion. Sans savoir si tout cela servait à quelque chose.

Ils allaient la surprendre. Forcément.

Elle frotta, râpa encore et encore, eut l'impression de percevoir un léger claquement, sentit comme une mollesse dans ses poignets, se dit qu'elle avait réussi et… tout redevint flou dans sa tête. Une nouvelle nausée la saisit, l'étouffant encore plus sous son bâillon. Des étincelles fulgurèrent devant ses yeux aveugles, et elle se sentit tomber.

Loin. Très loin dans le noir.

La fourgonnette tressautait dans les ornières du chemin forestier. Elle avait quitté la route depuis deux minutes environ, quand, soudain, la lumière de ses codes accrocha des reflets rougeâtres, à demi masqués par les frondaisons. Penché sur son volant, Matej Sirula ralentit en annonçant :

— Là !

Reflets issus des catadioptres d'un break apparemment blanc, stationné tous feux éteints dans le chemin, et ceux d'une autre voiture, foncée, garée à l'écart.

— Putain ! Arrête de picoler ! Pose cette bouteille de merde !

Sur le siège passager, Autun Vozip éructa un ricanement gras puant la mauvaise vodka.

— Ça va ! T'es pas ma mère !

— Va te faire foutre ! Pose cette bouteille, on a du boulot !

Tout en ralentissant et tandis que son voisin glissait enfin la fiasque presque vide sous son siège, le chauffeur de la fourgonnette lança un appel de phares. Se redressant, Autun Vozip tendit le cou en avant, la main posée sur la crosse d'un pistolet engagé dans sa ceinture, près d'un étui à couteau. Dans la lumière blême, une inscription bleue apparut sur le flanc du break.

« Ambulanzie di Sud. »

Au même instant, un costaud en veste de cuir venait d'émerger de la voiture foncée.

— C'est bon, souffla le chauffeur.

Matej Sirula était un habitué de ce genre de transfert, il connaissait le type. Un *picciotto* rital, un de ces hommes de main qui prenaient livraison à la frontière, des jeunes putes slovènes pour le compte des proxénètes italiens de la Camorra, ou de la n'dranghetta. Sans doute un futur mac lui-même. Il apprenait le métier. Pour sa part, simple « punisseur » de putes au service des proxos de Ljubljana, Autun Vozip n'en était qu'à son troisième transfert hors de Slovénie. Moins habitué, plus méfiant. Presque à regret, il abandonna la crosse de son pistolet, alors que deux nouvelles silhouettes en blanc émergeaient de l'ambulance pour en ouvrir le hayon arrière. Faux infirmiers, simples *picciotti* eux aussi, auxquels on avait appris à faire les piqûres, plus quelques gestes destinés à faire illusion. A l'intérieur du véhicule, matériel médical, civière etc. Tout y était.

— Ça baigne, lui souffla Matej Sirula.

Tous deux sautèrent au sol, allèrent ouvrir l'arrière de la fourgonnette où, une lampe torche au poing, Gino le *picciotto* les rejoignit pour activer :

— *Presto*. Paraît qu'on a vu une patrouille traîner dans le secteur.

Depuis quelque temps, les douanes volantes circulaient dans la région frontalière. L'immigration clandestine. Derrière eux, les deux « infirmiers » arrivaient, traînant le chariot mobile de l'ambulance sur le sol inégal. Gino et les deux Slovènes grimpèrent dans la fourgonnette, écartèrent des piles de cartons, faisant apparaître deux grandes caisses de bois, bardées d'étiquettes, de numéros inscrits au pochoir, et aux couvercles percés de trous. Alors que le chauffeur du fourgon allumait sa propre lampe, Autun Vozip s'empara d'un pied-de-biche, fit sauter le dessus de la caisse de gauche. Torche au poing, le nommé Gino se pencha, parcourut du regard le corps entravé et bâillonné au fond de la caisse. Une blonde, plutôt pas mal, à vue de nez. Soulevant ses paupières, il examina ses pupilles, se redressa en demandant :

— Vous avez son dossier ?

Sur un signe de Sirula, Autun Vozip sortit une enveloppe kraft de son blouson, le tendit à Gino en précisant, narquois et d'une voix avinée :

— Tout y est. Même la date de ses premières ragnagnas.

Pas tout à fait vrai, mais la copie du dossier médical piraté à l'U.C.K. de Ljubljana était d'une précision sans faille. Ces histoires de groupes sanguins, c'était du sérieux. Gino fronça le nez sous l'haleine de Vozip. L'alcool, son boulot de troisième couteau l'amenait à en boire dans les bars et les boîtes de nuit où il apprenait son futur prochain métier, nettement plus lucratif, en observant les proxos et les putes, mais il supportait mal la boisson. Gueules de bois carabinées. S'emparant de l'enveloppe, il maugréa :

— *Va bene.*

Puis se tournant vers l'autre caisse, il interrogea :

— C'est la frangine ?

Les Slovènes opinèrent, et Gino insista :

— Faut que je contrôle.

Les autres le savaient. C'était le deal. Précaution élémentaire. Pas de sœur qui porte plainte, pas de témoignage. Le vide. Le deuxième couvercle soulevé, Gino vérifia. Même taille, mêmes cheveux, mêmes yeux... tout pareil. Vraies jumelles. Visiblement dans les choux comme sa sœur, celle-là semblait respirer avec difficulté, et un peu de bile souillait son bâillon. Pas impressionné, Gino plaqua une main sur la poitrine de la fille, la tripota d'un geste très explicite en appréciant cynique :

— Ça va en gagner du fric, ce beau p'tit calibre !

Ricanements des deux autres.

— Ouais ! grasseya Autun Vozip. Mais pour nous, ce sera gratos !

— Rêve ! grommela Sirula. C'est pas pour ta bite.

Certes, pour les putes débutantes, l'apprentissage était

toujours le même. Les beignes, et les baises forcées. Une tradition réservée aux maquereaux acquéreurs, ou à leurs copains. Jamais aux livreurs. Interdit. Un privilège qui énervait Autun Vozip. Surtout quand il avait un peu trop picolé. Tous trois sautèrent à bas du véhicule, aussitôt remplacés par les deux « infirmiers ». Tandis que ceux-ci extrayaient la première fille de sa caisse, Gino sortit de sa poche un paquet entouré de papier journal, qu'il tendit aux Slovènes. Matej Sirula s'en empara, déchira un côté de l'emballage, avisa les deux grosses liasses d'euros, hocha la tête, empocha le paquet.

— O.K., dit-il.

L'instant d'après, les « infirmiers » enfournaient le chariot dans l'ambulance, et tandis que Gino remontait dans sa voiture pour les suivre, les deux Slovènes réintégraient la cabine de la fourgonnette. Matej Sirula manœuvra pour rebrousser chemin, Autun Vozip rota, émit un ricanement grossier, remit en service le GPS ventousé sur le tableau de bord, y composa leur destination finale, entendit bientôt la voix féminine de synthèse leur enjoindre :

— Faites demi-tour dès que possible…

A l'écran du GPS, un nom figurait tout en bas du graphique :

Trieste.

CHAPITRE VII

Il était 22 h 47, et le hall des arrivées de dello Stretto se vidait peu à peu. D'ailleurs, le vol 1161 d'Alitalia Rome-Reggio emprunté par Mack Bolan n'était pas complet. Sans doute la crise. Depuis l'instauration de la monnaie unique européenne, le niveau de vie des Italiens avait quasiment baissé de moitié, et cela se remarquait sitôt débarqué. Les formalités de contrôle expédiées sous l'identité d'un de ses vrais-faux passeports de prédilection, et son sac de voyage accroché à l'épaule, le Guerrier traversa l'aérogare, aboutit à la zone parking. La nuit était tiède, le ciel étoilé. Laissant de côté les bus de l'ATAM, il sauta dans un des taxis situés en face des arrivées. Un quart d'heure plus tard, malgré un autoradio poussé à fond, une circulation relativement dense, quelques slaloms hasardeux et pour une trentaine d'euros, le taxi le déposa devant le perron orné de statues de l'hôtel President, via Petrarca, à quelques pas de la mer. Décor extérieur un soupçon pompeux, à l'instar de l'intérieur, où les marbres et le mobiliser copie de style régnaient en maîtres. Mais avec sa quarantaine de chambres et son roulement de clientèle internationale fluctuante, l'établissement garantissait une relative discrétion. Grâce à une réservation par internet, là aussi sous identité d'emprunt, les formalités furent expédiées en un temps record. Par précaution, Bolan régla trois nuits d'avance en espèces, et dix minutes plus tard, via l'ascenseur, il prenait possession de sa chambre. Carrelage au sol, décor suranné mais propre, pas de minibar… mais d'un prix très abordable. Moralité, le numéro Un du *Justice Department* ne faisait pas valser les notes de frais.

Un haut fonctionnaire intègre qu'il était temps de joindre. Déposant son sac de voyage, Bolan activa son portable, et Brognola répondit aussitôt :

— *I'm here*, annonça le Guerrier.

— O.K. 302.

Pur hasard, même étage. Peu après, Bolan n'eut même pas à frapper, la porte 302 s'ouvrait devant lui.

— *Good trip ?* s'enquit le fédéral en refermant la porte.

Avec sa tenue classique, ses lunettes cerclées d'acier, sa chevelure poivre et sel coupée court et son visage neutre, Hal Brognola avait le look d'un businessman moyen. Sauf quand on s'attardait à ses yeux. Regard froid. Impavide. Parfaitement en rapport avec ses hautes fonctions plus que sensibles au sein de l'administration U.S.

— *Fine*, répondit Bolan.

Tandis que son ami leur servait un scotch on the rocks

issu du service d'étage, le Guerrier ôta son blouson, prit place sur une chaise, attendit que Brognola ait repoussé sa valise devant l'armoire-penderie, et se soit posé sur le coin du lit pour résumer son blitz de Sacramento. Sans commentaire, le fédéral se limita à un battement de paupières. Satisfait. Passant au motif qui l'avait emmené ici, l'Exécuteur interrogea :

— *So what ?*

Le fédéral but une gorgée, hocha la tête, réfléchit un court instant, avant d'attaquer :

— Dossier complexe, dont les premiers éléments remontent à la révolution libyenne de 2011. Une émigration massive non maîtrisée, deux personnages clés. Yacine Adami, et Kader Nefous, amis et collègues de travail, tous deux employés de la *Oil National Corporation* à Tripoli. Tu connais ?

— Elle figure dans mes listings, confirma l'Exécuteur.

La Oil National exploitait plusieurs raffineries, dont 60 % des produits traités étaient exportés, principalement vers l'Europe. Celle de Ras Lanouf, spécialisée dans la pétrochimie, produisait le naphta destiné à une usine d'éthylène. Du polyéthylène était également produit, toujours destiné à l'export, et par ailleurs, un projet de production de LNG[1] avait été lancé en 2005 par Shell. Outre celle de Ras Lanouf, la *Oil National* gérait les raffineries de Tobrouk, Sarir, Brega et Zaouïah.

C'était dire le poids stratégique de l'entreprise.

— Je vois, encouragea Bolan. L'arrivée éventuelle

1. Gaz naturel liquéfié.

d'islamistes aux commandes de l'entreprise pouvait engendrer d'importants bouleversements. Notamment pour les employés suspectés de kadhafisme.

— *It's true.* Au plus fort des événements, c'est ce qu'a effectivement redouté Nefous. Alors les deux copains d'enfance ont décidé de fuir ensemble, par le port de Sebba, où régnait une intense confusion, due à l'afflux massif de candidats au départ. Résultat, séparés par les mouvements de foules les deux copains se sont perdus de vue, et dans la panique générale des embarquements sauvages, Kader Nefous s'est retrouvé, contre son gré, à bord d'un rafiot en appareillage immédiat.

— Contre son gré ?

— Affirmatif. Affolement général, bagarres, etc. Quasiment embarqué de force. Il a bien essayé de joindre Adami sur son portable, mais aucune réponse. Même pas de messagerie. Sans doute volé, ou brisé dans la cohue. Or Nefous savait que, sans lui, son pote aurait des tas de problèmes. Yacine Adami était malade, et handicapé d'une main, suite à un accident de travail. Sitôt débarqué à Lampedusa, et certain que son copain n'avait pu embarquer qu'après lui le cas échéant, il a encore essayé de le joindre, toujours en vain. Puis il a tenté toutes les démarches pour qu'on le recherche. Mais en Italie, c'était le bordel, les camps sursaturaient, et son propre portable, avec lequel il comptait appeler un contact local une fois sur place , avait rendu l'âme. Pas moyen de s'en faire prêter un, et il n'avait toujours pas de nouvelles, quand on l'a transféré au camp de transit de Crotone, ici, en Calabre.

La Calabre. On y venait.

— Mais là aussi, reprit Brognola, c'était la panique. Bagarres, révoltes, conditions de vie déplorables, maladies etc. Quelque temps après, au camp de Sant'Anna de Crotone, les réfugiés pouvaient sortir librement, chercher du travail, voire quelques combines douteuses offertes par les divers réseaux de la n'dranghetta. Un avantage nouveau dans l'univers des camps, dont Kader Nefous a vite profité, pour ne plus rentrer au camp. Son but, Rome.

— Rome ?

Acquiescement du fédéral qui précisa :

— Pour retrouver la personne qu'il avait enfin réussi à joindre par téléphone.

Le regard du Guerrier s'éclaira.

— Le fameux contact ?

Un léger sourire en coin étira les lèvres de Brognola.

— Je vois que tu suis.

Il sirota une gorgée de scotch, hocha la tête, enchaîna :

— Contact américain. Ambassade U.S. de Rome.

L'Exécuteur fronça les sourcils, hésita :

— Tu veux dire…

— Affirmatif, opina le fédéral. Kader Nefous était traité. C'était un NOC[1] de la C.I.A., pour le compte de l'E.I.A.

1. *No Official Covert.* Agent clandestin.

Energy Information Agency, Bolan connaissait. Il tiqua.

— O.K. Mais ces histoires-là, c'est pas vraiment ma spécialité.

Geste apaisant du fédéral.

— J'y viens… à ta spécialité.

— Une fois sa jonction faite avec son contact à Rome, Kader Nefous lui a demandé d'essayer de faire quelque chose pour retrouver Yacine Adami, et par le biais des autorités italiennes concernées, notre traitant a fini par en retrouver la trace. Hélas, trop tard.

— Mort ?

Nouvel acquiescement de Brognola.

— Quelque temps auparavant, la presse italienne avait relayé la découverte de trois cadavres à demi calcinés, dans une des plus grandes décharges de la région de Reggio di Calabria. Quelques entrefilets, car par ici ce genre d'événement est plutôt courant. Règlements de comptes, exécutions sommaires, vengeance, punitions, etc, à mettre la plupart du temps sur le compte de la n'dranghetta.

Lueur d'intérêt dans le regard de l'Exécuteur. On arrivait au vrai sujet. Il hasarda :

— Yacine Adami ?

— *Nice !* ironisa le numéro Un du *Justice Department*. Yacine Adami, et deux autres corps masculins, également de type oriental, sans papiers, portant des vêtements manufacturés en Tunisie.

— Tu as dit « à demi carbonisés ». Comment a-t-on identifié le copain de Nefous ?

— Précisément grâce à Nefous. Les rapports de police lui ayant été présentés par son traitant, il a formellement reconnu son ami. Je te l'ai dit, ce dernier avait été accidenté, et sa main gauche était très abîmée. Signe particulier évident, que les flammes n'avaient pas réussi à effacer. Pas plus qu'elles n'ont pu cacher l'opération chirurgicale dans son dos.

— Une opération, nota l'Exécuteur. Décidément, ça fait beaucoup de signes particuliers.

— Sauf que les chairs de son dos n'étaient pas recousues.

Haussement de sourcils du Guerrier.

— Trace de l'assassinat ?

— Très probablement, admit Brognola. Sauf qu'il s'agit sûrement d'un assassinat par acte chirurgical. Je veux dire, effectué par un vrai chirurgien.

Nouvel étonnement du Guerrier :

— Dans quel bu…

Il s'arrêta net. La mafia ! Trafic d'organes… Dans le dos…

— *Shit !* jura-t-il, lèvres serrées.

Puis réfléchissant encore :

— On lui a piqué un poumon, un rein ?

— *Not really.* Pas vraiment.

Bolan soupira :

— O.K. Eclaire un peu !

Rictus en coin du fédéral.

— De toute évidence et selon l'emplacement de l'intervention, c'était un, peut-être même les deux reins qui étaient visés, mais aucun des deux n'était exploitable, si je puis dire.

— Je vois. Malades.

— *Yes.* Cancer. Aux deux organes.

D'où une autre évidence, il s'agissait bel et bien de trafic d'organes. Un prélèvement raté. Pourtant, un point intriguait encore le Guerrier.

— Et… les deux autres cadavres. Opérés aussi ?

— Négatif. Et c'est là que la police locale se trouve devant une énigme. Pourquoi un opéré, et non logiquement trois.

Bolan réfléchit, proposa :

— Deux hypothèses possibles. Soit les trois morts ne proviennent pas de la même source, soit…

Il réfléchit encore, finit par tenter :

— Une… un genre de commande. Une commande spécifique de rein ? Comme… comme répondant à des critères de compatibilité, que les deux autres ne possédaient pas ?

Une vraie lueur d'intérêt passa dans le regard froid du numéro Un du *Justice Department*. Décidément, le vieux Mack n'était pas qu'un simple exécuteur. Il était l'Exécuteur. Il avait également un cerveau, et il savait s'en servir. Raison pour laquelle il était toujours en vie, quand de véritables bataillons de mafieux étaient morts sous ses coups, au cours de ses nombreux blitz. Mais, bien sûr, le fédéral connaissait toutes les qualités de son ami. Qualités mentales autant que physiques. Il savait aussi combien ses combats étaient nécessaires dans ce monde de mous, de tièdes et de lâches, pour tenter de contenir les flots de violence, de sang et de mort déversés par les nébuleuses criminelles qui gangrenaient chaque jour un peu plus la planète. C'était pourquoi, depuis longtemps déjà, le haut fonctionnaire de Washington marchait sur le fil du rasoir de l'illégalité, en apportant son aide, voire sa complicité à l'Exécuteur. Au risque d'y perdre tout. Vraiment tout.

Mais c'était comme ça. Rien ne changerait plus.

— O.K., man ! Nos services se sont procuré les résultats d'analyses effectuées sur les trois cadavres. Chez les deux autres, rien de particulier. En revanche, le sang de Yacine Adami présente un rhésus très spécial. En fait, très rare.

Intérêt visible chez Bolan.

— Genre ?

— Genre O + ADN HLA. Un Human Leucocyte Antigen peu répandu, qu'on ne peut transfuser qu'à des patients de rhésus identique, et qui ne convient qu'à certaines transplantions d'organes, sur des receveurs présentant les mêmes caractéristiques.

Bolan fit la grimace.

— Une commande très ciblée, qui engendre une sacrée difficulté. Trouver le bon donneur. Ça ne doit pas être facile.

— Exact. De plus, une commande exécutée de manière si radicale n'a pu l'être que par une organisation criminelle bien structurée, comme elle ne peut être logiquement destinée qu'à un demandeur de greffe très riche, ou…

— Très puissant.

— Hon, hon, fit Hal Brognola, songeur. Ne reste plus qu'à trouver l'identité de ce candidat à la greffe.

L'aiguille dans la meule de foin. Le Guerrier argumenta :

— Ce genre de truc nécessite une enquête très poussée. Sûrement longue et hasardeuse. Pas vraiment mon rayon.

Le fédéral hocha la tête, finit son verre, fit signe à Bolan d'en faire autant, les resservit, et retournant s'asseoir au bord du lit, il déclara :

— Longue, l'enquête, peut-être pas. D'ailleurs, tu viens d'en mettre à jour les premiers éléments. Des éléments très importants. Il n'y manque plus que les identités des principaux protagonistes. Celles du receveur, du commanditaire, et des exécutants.

— *Easy!* Facile ! railla froidement l'Exécuteur.

Il y eut un silence, Brognola fit tourner les glaçons dans son verre, but une gorgée, déglutit lentement, regarda devant lui d'un air songeur, avant d'avouer du bout des lèvres :

— Hum… j'ai peut-être un embryon de piste.

CHAPITRE VIII

Il faisait noir, il faisait froid, et Tanja tremblait sans discontinuer.

— Qu'est-ce qui se passe ! Qu'est-ce qui se passe !

Un leitmotiv qu'elle répétait inlassablement d'une voix basse et cassée depuis… Elle ne savait plus. Sa mémoire flanchait. Elle ne se souvenait plus très bien de tout ce qu'elle avait vécu et enduré depuis leur kidnapping. Cela revenait, repartait, dans un brouillard de souvenirs décousus, filandreux et glauques, d'où surgissaient parfois les gémissements de sa sœur lors de l'agression sur le parking de leur immeuble. Les derniers sons perçus émanant de Vesna.

Qu'était-elle devenue ? Que lui avaient-ils fait ? L'avaient-ils enfermée et enchaînée comme elle quelque part dans des profondeurs aveugles identiques à celles-ci ?

— Qu'est-ce qui se passe ! Qu'est-ce qui se passe !

Dans l'obscurité quasi permanente, Tanja Golec imaginait, « voyait » des scènes affreuses, où sa sœur était torturée comme elle, avilie comme elle, où elle tremblait comme elle de froid et de peur. On n'éclairait sa prison avec une grosse lampe portable halogène que pour ses repas, ses ablutions ou pour l'escorter aux toilettes. Un local immonde, qui n'avait pas vu de produits nettoyants ni de balai depuis très longtemps. Et tout ça, observée, surveillée, scrutée par l'un ou l'autre de ces sales types. Ses ravisseurs… dont un, celui qui puait l'alcool en permanence, qui la pelotait sans cesse, et son copain, celui qui avait l'air de commander, mais dont le regard fixe et étrangement lumineux la violait déjà. La honte, le dégoût, la peur. Parce que au bout du compte, ils la violeraient. Elle le savait. Tout son être l'avait compris et il se révulsait à chaque visite de ces salauds.

Et dès les repas et la toilette finie, les menottes. Un poignet attaché à ce gros tuyau suintant d'humidité, placé trop haut pour qu'elle puisse s'asseoir ou se coucher sur ce matelas crasseux, sans conserver le bras en l'air.

Un supplice, qui durait… qui durait…

Et pourtant, tout cela finissait par être presque endurable, comparé à l'angoisse qui la crucifiait quand elle songeait à Vesna. Et cette fois, encore, un gémissement noyé de larmes monta dans la poitrine de Tanja. Une plainte mêlée de rage.

Vesna ! Que s'était-il passé dans leur vie !

— Qu'est-ce qui se passe ! Qu'est-ce qui se passe… !

Et ce leitmotiv, qui revenait sans cesse, sans qu'elle n'y puisse rien…

*
* *

— Genre quoi, cet embryon de piste ?

Encore une fois, Hal Brognola fit tourner les glaçons dans son scotch, parut réfléchir de nouveau, avant de lâcher, dubitatif :

— Je te l'ai dit. Un simple embryon. Vraiment mince.

— Mais encore ?

— Un permis de conduire.

Regard incrédule de Bolan. Le fédéral enchaîna :

— Un permis de conduire libyen. Sans ce nouvel élément, je ne t'aurais pas demandé de venir. Trop hasardeux, on n'avait aucun élément tangible du côté de Yacine Adami.

— Mais ?

— Mais il y a trois jours, au cours d'un simple contrôle sur un secteur fréquenté par les dealers de Reggio, la police a trouvé le permis de conduire d'un ressortissant libyen, en possession d'un certain Rico Trappa, voyou bien connu, boxeur amateur plutôt costaud, déjà inquiété à plusieurs reprises pour divers trafics. Interpellé et interrogé, il a prétendu avoir hérité du document en dépannant un type, un arabe qui lui aurait demandé une dose de Subutex, en lui promettant de revenir avec le fric pour récupérer sa carte.

— Un dépôt sous gage, en quelque sorte.

— En quelque sorte, répéta le fédéral. Le mec a ajouté qu'il ne dealait plus, qu'il prenait désormais du Subutex pour essayer de décrocher. Un conte de fées dont les flics n'ont pas cru un mot. Parce que le Rico en question n'avait aucun substitut, ni sur lui, ni dans la piaule qu'il sous-loue près du port, alors qu'on y a découvert deux doses de krak, quelques barrettes de shit entamées, et une panoplie de shiloms.

— *Good!*, apprécia Bolan. Ils ont fini par lui faire cracher le morceau ?

— Négatif. Bien sûr, la police a bien songé établir un lien entre ce permis de conduire, ce Rico Trappa et les deux autres cadavres découverts dans la décharge, mais les corps étaient trop abîmés. Identifications faciales impossibles, et bien entendu, inutile d'entamer les moindres démarches du côté des autorités libyennes pour le moment. Là-bas, c'est le bordel, des tas d'archives ont disparu pendant la révolution. Dans ces conditions, n'ayant officiellement rien de tangible à reprocher à ce Rico, outre cette détention de permis, et ses « babioles » stupéfiantes, soi-disant destinées à sa conso personnelle, la police l'a relaxé à l'issue de sa garde à vue. Bien sûr, ils ont confisqué le permis de conduire du Libyen inconnu, pour enquête ultérieure, mais par ici les réfugiés défilent par bataillons entiers. Alors…

— O.K., déclara le Guerrier en achevant son verre. Ton embryon de piste semble effectivement mince, mais puisque je suis là…

Cela sentait le trafic d'organes à plein nez. Donc, implication mafieuse plus que probable.

— En tout cas, reprit-il, cette histoire de cadavre opéré pour rien semble intéressante.

— J'y compte bien, renchérit le fédéral. Mais surveille tes arrières.

L'Exécuteur esquissa une ombre de sourire. Glacé.

— Ça, j'ai l'habitude.

Le fédéral termina son verre avant de préciser :

— Je veux dire, fais gaffe. Parce que les flics d'ici ont beau être débordés, ce ne sont pas des abrutis pour autant. Je suis sûr qu'en réalité, ils n'ont pas lâché le morceau. Qu'ils tiennent désormais ce merdeux à l'œil pour tâcher d'en découvrir un peu plus. Soit pour piéger l'éventuel Libyen en question au cas où le dealer aurait dit vrai, soit pour coincer définitivement ce dernier en flag de trafic. Alors, mate où tu mets les pieds.

Sans relever, le Guerrier quitta sa chaise en interrogeant :

— Au téléphone, tu m'as parlé de matériel. Hormis quelques menues bricoles, je suis venu presque à poil.

— *It's O.K.* Dès maintenant, dit-il en griffonnant sur un bout de papier, tu peux aller voir un type. Un certain Amedeo Nanni. Il tient un garage pourri, à la limite de Donna, à l'est de la ville.

Il partagea le papier en deux, tendit le premier à Bolan en énonçant :

— Ça, ce sont les coordonnées d'une safe house locale de l'agence, pour le cas où tu devrais t'isoler en urgence, mais elle est assez souvent occupée. Quand c'est le cas, le store de sa fenêtre est abaissé. En ce moment, je crois qu'elle l'est, pour deux jours encore.

A vérifier. Je sonnerai le tocsin si j'apprends qu'elle doit être de nouveau investie.

Désignant le papier, il recommanda, pince-sans-rire :

— Mémorise le tout, et détruis.

Il sortit une enveloppe de sa poche, la remit au Guerrier avec l'autre morceau de papier en ajoutant :

— Et ça, c'est l'adresse de la piaule du *signore* Rico. Un studio situé dans le quartier du port, au-dessus d'un clés-minute-cordonnier. Plus une photocopie de son portrait anthropométrique. Ça date de trois ans, mais c'est tout ce que j'ai pu dégoter.

Il ne dit pas comment il l'avait « dégoté ».

Bolan consulta le cliché. Celui d'un jeune gars, costaud, face carrée, cheveux courts implantés bas sur le front, petits yeux noirs très enfoncés dans les orbites, nez fort et écrasé, légèrement en biais sur le côté, et une perle au lobe de l'oreille droite. La gueule type de la petite frappe, avec une lueur dans le regard que l'Exécuteur connaissait bien. Celle qui caractérisait les très mauvais garçons. Violents, avides et sans scrupule, avec sans doute du sang sur les mains.

— O.K., dit-il en empochant l'enveloppe. Et pour le garagiste, il y a une procédure ?

— Affirmatif, enchaîna Brognola. Pour lui, tu t'appelles John ou ce que tu voudras, tu es capitaine d'infanterie à la base U.S. de Sigonella en Sicile. Il a l'habitude de traiter avec eux. A toi de passer ta commande et d'en débattre le prix. Il trafique également dans sa spécialité officielle. Les voitures. Tu devrais pouvoir trouver ton bonheur dans ce domaine également.

Connaissant par expérience l'univers nébuleux du marché parallèle de l'armement et ayant appris à s'en méfier, le Guerrier s'enquit, intrigué :

— Côté armes, on connaît les sources du mec ?

Affichant une moue désabusée, le fédéral renseigna :

— Pour la plupart en ce moment, matériel U.S., perdu au combat par nos troupes, ou volées dans nos bases en Afghanistan. En fait, petit business très lucratif, mis sur pied par les militaires afghans formés par nos unités.

Des militaires qui, à l'occasion, dézinguaient au passage quelques-uns de leurs formateurs faisant leur jogging. Honneur et bravoure. La marche de l'Histoire.

— Une sorte de deal tacite entre eux et nous, maugréa le numéro Un du *Justice Department*, visiblement écœuré. Histoire d'empêcher le matériel de finir chez les talibans. Enfin, une partie au moins.

On rêvait !

— Et ça arrive comment, jusqu'ici ?

Petite grimace du fédéral.

— Devine.

Les réseaux mafieux des pays traversés, bien sûr. Décidément, les voies de la politique semblaient aussi impénétrables que celles du Seigneur. Moralité, surveiller ses arrières.

— *Va bene*, soupira le Guerrier en gagnant la porte.

Il se retourna, s'enquit :

— Au fait. Tu es ici pour quelque temps ?

Se levant à son tour, le numéro Un du *Justice Department* secoua la tête.

— Petite table ronde à Rome. J'ai pu m'échapper pour quelques heures.

L'Exécuteur esquissa un mince sourire.

C'était quand même pratique, les « petites tables rondes ».

— *Allora, ciao !*, salua-t-il avec un signe de la main.

Puis il sortit. Projet immédiat, le quartier du port.

Bien décidé à ne pas perdre son temps.

CHAPITRE IX

Ils étaient là.

Il était plus de 2 heures du matin, et, en grimpant l'escalier de chez lui ce soir-là, Rico Trappa déprimait. Il trempait depuis trop longtemps dans le monde des trafics en tous genres pour avoir été dupe après sa garde à vue. Il sentait les flics accrochés à ses basques depuis sa sortie du *posto di polizia* l'autre matin. Ils l'avaient relaxé, mais ils le connaissaient, ils ne lâcheraient pas le morceau, ils étaient là. Soit pour coincer le fameux Libyen du permis de conduire s'il réapparaissait vraiment pour payer sa dose de Subutex et récupérer le document, soit pour le piéger lui, en flag sur un deal. Il ne les voyait pas, mais ils traînaient dans le quartier. Ils l'épiaient. Certain.

Heureusement, ils n'avaient jamais pu reconstituer son pedigree exact. Sinon, il croupirait dans le plus pourri des pénitenciers d'Italie. Pour assassinat. Un braquage à Tropea qui avait mal tourné, au domicile d'un minable bijoutier de quartier. Besoin urgent de fric. Une occase en or. Un paquet de dope à prix cassé, affaire à saisir de suite. Hélas, en ouvrant son coffre, ce vieux connard avait cru bon de sortir un calibre, et Rico Trappa avait dû le sécher : un pruneau en pleine tête.

Et, par malheur, le coffre en question ne contenait que quelques poignées d'euros et une vingtaine de DVD porno. Très hard, mais pas de quoi ramasser de quoi acheter le paquet de dope envisagé. Heureusement, il avait pu mettre les bouts discrètement, sans laisser d'indices, et bien essuyé son revolver, avant de le balancer dans les égouts. Résultat, les poulets n'avaient jamais été mis sur sa piste. N'empêche, cette histoire de permis de conduire libyen lui posait un problème. Le genre de recel qui pouvait faire soupçonner des tas de trucs pas clairs du tout. Y compris un meurtre. Ce qui n'était pas le cas, du moins le concernant. Maintenant, il regrettait presque d'être entré dans cette combine de trafic de papiers. Trop sensible. Mais c'était ça ou rien. Une sorte de test, avant d'être admis dans la *famiglia*. Résultat, à présent, les *poliziotti* l'avaient dans le collimateur. Heureusement, la vie de voyou avait l'avantage d'aiguiser les sens, et Rico Trappa les avait *très* aiguisés, les sens. Surtout le sixième.

La survie, ça commençait par la prudence.

Alors, depuis sa sortie de garde à vue, il n'avait plus dealé une seule fois. Rien que d'innocentes promenades à pied dans le quartier, à bayer aux corneilles, à passer dans les boîtes où il était connu, à siroter un verre par-ci par-là, à peloter le cul de quelques copines au passage, histoire de balader ces *fanculi* de flics s'ils étaient après lui. Il avait même retiré son nouveau calibre de la planque extérieure où il camouflait ses doses. Laissé chez lui, là où les flics ne l'avaient pas trouvé pendant leur fouille du studio l'autre jour. N'empêche, cette combine de papiers qui s'annonçait juteuse avec l'afflux massif d'immigrés dans le secteur constituait maintenant un putain de manque à gagner. Mais c'était le prix à payer. Le temps de les calmer, les *poliziotti*. Surtout, faire le gros dos. Méfiant, Trappa n'avait pas sonné le tocsin chez Gallu. Bien trop soupçonneux, Fosco Gallucio. Une pointure. Le bookmaker des *padrini* du secteur. Du sérieux. Le big boss local du *totocalcio*[1]. Un amico important au sein de l'*Organizzazione*. Quand il l'avait recruté comme dealer à sa sortie de la salle d'entraînement, Gallu l'avait habillé, lui avait acheté sa moto, remis un peu de fric en avance pour ses premiers frais, offert ce Nokia pour rester en contact avec lui. Un portable à carte SIM « filtrée », pour bloquer les écoutes et autres « traçages » de la flicaille, avait-il précisé avant de prévenir :

— Je suis ton seul boss, tu ne connais que moi et tu ne travailles que pour moi. Quel que soit le job que je te confierai, tu devras l'effectuer sans rechigner. Sans poser de questions. Si tu es fidèle, si tu gagnes ma confiance, je parlerai de toi *in alto*.

Le sommet. *La cupola !*

— Alors, avait promis Fosco Gallucio en guise de

1. Paris sur les matches de football.

conclusion, tu pourras grimper les échelons au sein de la Famille, et tu deviendras riche et puissant. *Capisce ?*

Rico Trappa avait parfaitement compris le message. Le genre de discours que tout jeune voyou des cités de la ville aurait aimé entendre. C'était pour ça qu'il avait accepté la combine des papiers étrangers. De toute façon, impossible de refuser. « Quel que soit le job », avait précisé Gallu. Condition sine qua non pour entrer dans la Famille. Pour continuer à dealer, ou à faire autre chose, mais à grande échelle. Pour devenir un caïd.

Un uomo d'onore.

Un *capopiazza*, responsable d'un secteur de deal, ou un *capopizzo*, un chef de racket. Un job qui lui plairait bien. Tout à fait dans ses cordes. Rien qu'à voir sa stature, sa gueule cabossée de boxeur et l'expression de son regard, on avait envie d'être d'accord avec lui, et de payer la taxe. Raison pour laquelle il n'avait pas parlé de cette garde à vue à Gallu. Considéré comme « pollué », il n'aurait plus eu la moindre chance de pénétrer l'*Organizzazione*. Même que depuis deux ou trois jours, Gallu s'impatientait. Coup de fil sur coup de fil. Sur son portable, et même sur son fixe. Messages certes « neutres », mais parfaitement explicites. En clair, ou il fourguait ces putains de papiers, ou il les lui rendait pour qu'il les passe à quelqu'un d'autre. Echec qui enverrait son « examen de passage » au panier. Stressant. D'autant que de ce côté aussi, il avait l'impression d'être discrètement surveillé. Par principe, l'*Organizzazione* était suspicieuse, et implacable en cas de faute.

En ouvrant la porte de son minable studio, Rico Trappa broyait du noir. Il était crevé à force de tourner en rond jusqu'à plus d'heure, et, dans très peu de temps, il allait manquer de fric, et il serait forcé de dealer de nouveau, avec toutes les conséquences que cela impliquait. Le moral en berne et son trousseau de clés en main, il ouvrit la porte grinçante de son studio, esquissa une grimace d'agacement. Il avait horreur de ce grincement, et, comme tous les jours en poussant le battant, il se promit d'huiler ces foutus gonds très bientôt. Il passa le seuil, et sa main cherchait le bouton électrique, quand…

— *No muovere.* Pas bouger.

— Il vient de rentrer.

Son épaisse carcasse avachie sur le sofa au cuir fatigué, un quignon de cigare éteint fiché au coin de ses lèvres lippues, un verre de whisky presque vide à la main et iPhone plaqué à l'oreille, Fosco Gallucio referma sa braguette, hocha la tête, questionna :

— Et les flics ?

— Un seul, répondit son correspondant. Il l'a collé au train toute la soirée, et il a décroché en le voyant rentrer chez lui.

Fosco Gallucio hocha la tête.

— *Bene*, dit-il.

Il était 2 heures du matin, mais contrairement à

la fille à demi nue couchée près de lui en travers du canapé et qui venait de le satisfaire d'une rapide prestation buccale, il n'avait pas sommeil. D'ailleurs, il ne dormait presque pas. Une vieille habitude contractée au cours de son passé de *picciotto*, simple gros bras, puis de *soldato*, avant d'accéder au poste de *caporegime*, puis à celui de *capocalcio*, l'âge venu. A cette époque, sa femme Carmela était morte d'un cancer, et son fils Gianni était parti vivre sa vie à Milan avec sa bénédiction. Car il n'était pas question de le mouiller dans le business. Un fils unique, c'était sacré. Surtout quand, contre toute attente, le rejeton d'un mafieux étudiait au grand séminaire pour devenir prêtre. Une grâce toujours bonne à prendre pour un père dont les mains étaient pleines de sang, qui se tapait des filles à la pelle et claquait le pognon à la volée.

Aujourd'hui, il était le boss local de l'univers de jeux. Le *totocalcio*, mais aussi le *totonero*, paris clandestins sur lesquels les footballeurs pouvaient eux-mêmes miser, lors de leurs propres matches. Avec, bien sûr, ce que cela impliquait de triches et de coups tordus sur le terrain. Le *totonero* était strictement interdit, mais l'*Organizzazione* continuait à le contrôler, grâce à un réseau très efficace de nombreux bookmakers. Un job de confiance, à cause du fric engagé, dont Fosco Gallucio s'acquittait avec zèle, en tant que big boss de la spécialité sur l'ensemble de la ville. Très actif, il diversifiait son job avec diverses activités plus ou moins lucratives mais jamais licites, comme les parties de poker privées, les recels en tous genres, dont depuis quelque temps celui des papiers étrangers. Exactement, depuis l'arrivée en masse des migrants sur le sol italien. Une véritable manne. Papiers récupérés sur les corps des naufragés repêchés dans les eaux territoriales. Quelquefois en dehors. Une pêche miraculeuse, qui arrivait jusqu'à lui par les canaux obscurs d'une administration plus ou moins corrompue, et qu'il revendait par ses propres réseaux, à d'autres immigrés privés de papiers, ou souhaitant faire peau neuve. Dans la plupart des cas, des hordes d'individus très peu fréquentables dans leur propre pays, qui grossiraient les chiffres de la misère ou de la délinquance sur leurs terres d'accueil. Mais Fosco Galuccio s'en foutait. Sa morale à lui, c'était le fric.

D'où la diversification de ses activités, dont la gestion impliquait une rigueur et une attention de chaque instant. Aussi était-ce dans ce souci, qu'il surveillait étroitement chacune de ses nouvelles recrues, à l'instar de cette jeune crapule de Rico Trappa. Un de ces minables petits voyous du quartier du port, qui traficotait dans le deal sauvage, avant qu'il ne l'engage dans son clan. Une politique d'embauche à laquelle il recourait parfois, plutôt qu'à celle de l'élimination. Car Fosco Gallucio était un pragmatique. Voir, entendre, essayer, avant de jeter le cas échéant. Un essai, auquel il avait soumis ce Rico Trappa, qui avait les épaules et semblait en vouloir. Une période de test sous étroit contrôle. Surveillé à l'extérieur par des *picciotti* de son équipe, qui le filaient dans tous ses déplacements. Des gros bras discrets, mais très efficaces, qui avaient repéré ce flic. Un *policiotto* presque aussi discret, qui ne lâchait plus le dealer depuis sa garde à vue de l'autre jour. Un incident très regrettable, dont Rico Trappa avait omis de lui faire part.

D'où ce coup de fil à 2 heures du matin.

— *Padrone ?*

— *Si, si*, renvoya le *capocalcio* qui réfléchissait, son portable toujours à l'oreille. *Va bene.* Vous pouvez décrocher.

Fosco Gallucio coupa la communication, prit le temps de rallumer son quignon de cigare, se resservit une dose de whisky, avant de reprendre son iPhone pour composer un code à quatre chiffres, puis un numéro de portable. Le Nokia qu'il avait offert à Rico Trappa lors de son embauche.

Procédure de routine.

Fosco Gallucio voulait tout savoir sur ses nouvelles recrues. Et surtout, s'assurer de leur loyauté. Dans son univers de violence et de trahisons, c'était une sage précaution. Surtout avec ce Rico Trappa, qui lui avait caché cette foutue garde à vue.

Une vibration résonna dans l'écouteur, suivie d'un léger déclic, puis de quelques sons divers. Des bruits de pas, des craquements, des froissements, des cliquetis métalliques, un grincement, encore des sons divers, et soudain, une voix :

— *No muovere.*

CHAPITRE X

En même temps que la voix, quelque chose venait de s'enfoncer dans la nuque de Rico Trappa. Un objet dur. Le canon d'un flingue ! Glacé.

Rico Trappa sentit sa raison basculer. Durant une fraction de seconde, il amorça un mouvement d'esquive, mais dans son dos la voix fit sèchement :

— Tss, tss !

Il se figea dans l'obscurité, et tandis que l'objet dur et glacé meurtrissait plus durement sa nuque, une main le fouilla prestement, balançant porte-cartes, briquet, portable sur le lit. Un truc de flic. Reprenant du poil de la bête, le pourri interrogea, agressif :

— *Hai un mandato ?*

Sous-entendu, mandat de perquisition. Comme dans les films.

Pas de réponse. Inquiet, il insista :

— *Non sei poliziotto ?*

Il avait une voix aigrelette. Mal placée. En désaccord total avec son physique.

— *No*, répondit l'inconnu.

— *No ? Pero, merda !* T'es qui alors ?

En guise de réponse, la voix sinistre menaça :

— Tu joues au con, t'es mort.

Puis la lumière s'alluma, éclairant une pièce en désordre, meublée d'une armoire de bois blanc, d'une table jonchée de cannettes vides, de deux chaises bancales, d'un lit défait aux draps bouchonnés, d'un fauteuil défoncé couvert de vêtements épars, d'objets hétéroclites répandus un peu partout. Poussé en avant par une poigne irrésistible, Trappa entendit la voix ordonner :

— *Avanti.*

Le dealer se sentit propulsé vers le fond du studio, où s'ouvrait une autre porte. Son adversaire ordonna :

— *Bagno.*

— *Cosa ?*

— *Qui.* Ici. Entre, intima la voix. *Presto.*

D'une nouvelle poussée du contact dur et froid, le dealer dut obéir. Avec juste ce qui convenait de résistance, histoire de montrer qu'il avait des *cogglioni*. Il ignorait à qui il avait affaire, et ça posait un problème. L'italien du type était teinté d'accent genre anglo-saxon. D.E.A. ? Non, la D.E.A. n'avait rien à foutre de lui. Trop petit. D'ailleurs, ce mec n'était pas flic. Finalement, ça n'avait guère d'importance. Quel qu'il soit, si ce fanculo pensait le niquer…

Une salle d'eau où la lumière s'alluma également, alors que l'ennemi ordonnait :

— A genoux.

— *Che cosa ?*

— *Presto !* brusqua l'inconnu, de la voix et du geste.

D'une puissante ruade dans le dos, le voyou se retrouva à genoux, face à la cuvette des toilettes d'une propreté plus que douteuse, mains prenant appui sur le carrelage visqueux.

Et les chiottes, en plus ! *Il coglione !* Le con !

Exactement la position idéale pour… Mais ce qu'il vit à cet instant gela ses pensées. Pas la couche de crasse collée à la faïence, ni celle gluante du sol, mais ce qui flottait dans l'eau sale stagnant au fond de la cuvette.

Tout un lot de sachets en plastique. Les uns remplis d'une matière brunâtre, le korbet aux déchets d'héroïne, le speed ball au mélange héroïne-cocaïne, les autres de poudre. Coke. Très blanche. Celle qu'il coupait aux deux tiers de lactose et d'un peu de craie, qu'il fourguait à ces *imbecilli* de junkies, et sur laquelle il faisait dix fois la culbute en matière de bénéfices. Sans le dire à Gallu, bien sûr !

Il l'avait pourtant sacrément bien cachée, sa dope. Même les flics n'avaient rien trouvé, hormis deux ou trois bricoles sans importance. Ils n'avaient pas non plus…

— Ingénieux, ton système de planque, fit l'inconnu dans sa nuque.

— *Cazzo !* Va te faire…

— Pas mal, enchaîna la voix, mais un peu éculé. Quand on planque sa merde dans le tube creux d'un montant de lit métallique, il vaut mieux en faire autant dans l'autre…

— *Fanculo ! Gli farà incul…*

— Faute de quoi, interrompit encore le type, les deux tubes ne donnent pas le même son quand on les frappe avec une clé, ou autre…

A cet instant, le dealer n'écoutait plus vraiment. Tout en essayant d'empêcher ses paumes de glisser sur le carrelage, il songeait à quelque chose de très précis. Et très risqué. Alors, il hésitait encore. L'intrusion chez lui de ce type à l'accent yankee le perturbait malgré lui. Présence inexplicable. Il ne put s'empêcher d'interroger :

— *Putana !* Si t'es pas flic, t'es qui, toi ?

— *Non importa.*

— Va te faire foutre ! *Cosa vuoi ?* Qu'est-ce que tu veux ?

Dans sa nuque, le contact était toujours aussi appuyé, l'obligeant à pencher la tête quasiment au ras de la faïence, tandis que ses mains prenaient appui derrière elle dans une position encore plus inconfortable. Des effluves écœurants lui montaient à la figure, et tandis que son cerveau un instant gelé recommençait à fonctionner, le salaud reprit au-dessus de lui :

— Je ne suis pas là à cause de ta merde en poudre. Je suis venu pour ça…

Rico Trappa vit alors une large main musculeuse lui présenter quelque chose sous les yeux. Image trouble, qui l'obligea à reculer la tête, sous la pression de plus en plus forte de l'objet dur. Sa vision s'éclaircit, et une onde glacée lui parcourut le dos.

Cartes d'identité, permis de conduire, passeports…

ceux des trois Libyens que lui avait remis Gallucio pour les refourguer ! Moins le permis de conduire que les flics lui avaient confisqué. Au-dessus de lui, l'autre reprit :

— Décidément, les planques, c'est pas ton fort. Le coup de l'alvéole creusée sous un élément de carrelage de cuisine, ça sonne le creux. Suffit d'être un peu curieux. Toujours une question d'oreille.

Ecoutant à peine, Trappa réfléchissait. Les flics avaient fait chou blanc pendant leur perquise, pas ce type. Un cador. Ça le rendait nerveux. Il devait se calmer, gagner du temps…

— Et justement, enchaîna l'inconnu, je suis curieux. Très curieux. Et je voudrais savoir…

De glacée, la voix virait au sinistre. Porteuse de menaces. Mais les premiers instants de saisissement passés et se calmant quelque peu, le dealer reprenait une confiance relative. Il ignorait qui était ce type, mais finalement, c'était sans importance, parce qu'un mort, ça ne raconte pas sa vie. Il grinça :

— *Putana!* Tu sais pas à qui tu t'attaques, mec. Quand mes potes te tomberont dessus, t'auras des soucis.

Indifférente, la voix sinistre poursuivit :

— … D'où est-ce que tu les tiens, tous ces papiers libyens ?

Tous ces papiers libyens !

D'un puissant coup de reins, Fosco Gallucio avait redressé sa masse musculeuse sur le canapé. De saisissement, il avait à demi renversé son whisky sur sa robe de chambre, et le quignon de cigare faillit échapper à ses grosses lèvres. Près de lui sur le canapé, la fille se réveilla en sursaut, l'œil hagard.

— *Caro ! Cosa...*

Le book la repoussa brutalement avec un grognement simiesque. Dans sa tête, tout allait soudain très vite. Trop. Cet inconnu qui avait coincé Trappa et qui n'était pas flic, cet accent qu'il avait deviné dans sa voix, cette question à propos des papiers libyens… Alerte ! Comme un fou, il se rua sur un autre portable posé près du canapé, et tout en composant un numéro, il chassa la fille du pied en grondant d'une voix lourde :

— Va laver ton cul, toi !

Mal réveillée, celle-ci lui jeta un regard de travers, remonta ses cheveux derrière sa tête d'un geste irrité, ramassa ses vêtements épars, et, tandis qu'elle disparaissait du côté de la salle de bains, une voix résonnait dans le deuxième portable :

— *Si ?*

Celle de son correspondant précédent. Fosco Gallucio questionna, acerbe :

— Vous êtes loin ?

— Euh… Pas très loin. On vient juste de quitter…

— *Bene*, coupa le *capocalcio*, nerveux. Alors, écoute bien…

Rico Trappa ne comprenait plus rien. Ce type n'en avait pas après sa dope, et c'était encore plus inquiétant. Ce qu'il voulait savoir touchait au cœur de l'interdit.

L'*Organizzazione*. Beaucoup plus sérieux. Plus dangereux aussi. Plus encore que ce *fanculo*, dont le canon du flingue allait finir par lui défoncer la nuque. Rien qu'au calme de sa voix, et à son arme qui n'ébauchait pas le moindre frémissement, on sentait le pro à plein nez. Un habitué de la violence. Mais, pour le voyou, tout n'était pas perdu. S'il parvenait à l'endormir suffisamment, il avait une chance de le baiser. A condition de ne pas trop traîner, parce que ses bras commençaient à s'ankyloser.

— *Bene, bene !* finit-il par composer. Qu'est-ce que tu veux savoir, *esattamente* ?

— Même réponse. Qui t'a donné ces papiers ?

— *Bene, bene !* fit le dealer en arrangeant un peu ce qu'il avait dit aux flics. C'est… c'est un arabe. Je sais pas comment il les a eus, mais il me les a refilés contre cinquante euros. Moi, mon business, c'est de les refourguer à d'autres arabes qui cherchent des papiers pour passer en France ou en Allemagne.

Ses bras s'ankylosaient de plus en plus. Il allait devoir…

— Tu me prends pour une bille, Rico.

— *Cosa ?*

— Tu me racontes des craques, si tu préfères.

— *Merda !* Non ! Je…

Les paumes de Trappa glissaient sur le carrelage gluant, bien plus vite qu'il ne l'aurait voulu. D'ailleurs, il ne les sentait presque plus. Il devait absolument…

— Décidément, reprit l'inconnu au-dessus de lui,

en plus d'être un étron ambulant, t'es un vrai nul, Rico. En attendant ton retour, j'ai non seulement largement eu le temps de trouver ta dope et ces papiers libyens, mais également celui d'écouter la messagerie de ton téléphone. Et j'ai entendu un certain Galu, ou Galou, s'impatienter à propos de… catalogues, qu'il t'aurait laissés en dépôt…

La messagerie ! Rico Trappa sentit son estomac se révulser. Le type avait entendu… Plus possible de reculer. Si jamais cet enfoiré remontait jusqu'à Gallu, il était bon pour une giclée de plomb. L'*Organizzazione* ne pardonnait pas ce genre de boulette. Désormais, il devait éteindre la mèche, et, il le savait, tout allait se jouer sur le fil du rasoir. A condition de faire très vite et…

— C'est ce Galu, qui t'a refilé ces papiers, *vero* ?

Le canon de l'arme frémissait dangereusement dans la nuque du dealer. Ça pouvait péter à chaque seconde. Gagner du temps. Relâcher la pression de ce putain de flingue… Les boyaux noués par la trouille, il haleta :

— *Merda ! Si !* C'est lui ! *Fa… Fa male !* Je… J'ai mal ! *Le braccia !* Les bras !

— C'est ton boss ?

— *Putana ! Si… ma…*

Et, d'un coup, il s'écroula sur le côté en gémissant.

Simultanément, sa main droite jaillit de derrière la cuvette, et en même temps que sa nuque échappait au contact du canon qui la meurtrissait, il tourna la tête en levant son poing vers la silhouette encore penchée sur lui. Un poing serrant la crosse d'un revolver. Et son index enfonça la détente.

Et rien.

Rien qu'un déclic. Ridicule. Instinctivement, son index pressa de nouveau la détente, produisant le même petit son métallique. Au centième de seconde, Rico Trappa comprit. Barillet vide. Ce salaud avait trouvé cette planque-là aussi et avait vidé le revolver. Au centième de seconde suivant, il vit l'orifice de l'arme de l'inconnu. Tout petit trou noir, braqué entre ses yeux. L'instinct de survie et les réflexes du boxeur propulsèrent son bras gauche en barrage, chassant l'arme de côté, tandis que son poing droit fulgurait vers la face penchée sur lui. Dans le dixième de seconde suivant, il fut surpris par deux choses. L'absence de coup de feu de l'adversaire, et le vide dans lequel son poing s'enfonça. Le salaud avait esquivé. Les réflexes du dealer intervinrent, et, s'ouvrant au passage, sa main droite empoigna le col du type, l'attira à lui d'une puissante traction, qui eut pour effets conjugués de faire basculer l'inconnu sur sa droite, tout en lui permettant de se redresser en partie. Un mouvement qui le fit pratiquement basculer sur son agresseur, lui-même empêtré entre la cuvette des toilettes et le mur. A cet instant, Rico Trappa fut certain de gagner la partie. Au moins aussi lourd, aussi fort, mais aussi plus jeune que l'inconnu, il envoyait de nouveau son poing vers la face adverse toute proche, quand une douleur atroce cisailla sa cuisse gauche. Une douleur si intense que tout mouvement de défense lui fut instantanément impossible. Figé en suspens, son poing droit refusait toute attaque, ct dans le même temps, il sentit la douleur de sa cuisse remonter dans son aine, puis fulgurer dans son abdomen, lui coupant brutalement la respiration. L'impression d'être broyé par l'acier d'une tenaille géante. Compression du nerf fémoral. Insupportable. Bouche ouverte sur un cri muet, sans comprendre pourquoi l'arme du type ne crachait toujours pas son feu mortel, il essayait de se dégager, quand un vacarme s'éleva dans son dos. Le claquement d'une porte, des pas précipités, une exclamation étouffée, et soudain, une succession d'étranges « flops » étouffés, et de détonations tout contre lui, quasi simultanées. Plutôt faibles et très rapprochées, tout près de son oreille, plus trois autres « flops », ou quatre, ou plus…

Impossible de compter.

CHAPITRE XI

Ces « flops » répétés, l'Exécuteur les connaissait bien. Réducteurs de son. Simultanément, et alors que son index enfonçait pour la quatrième fois la détente du Snake, il sentit nettement le dealer tressauter contre lui, en étouffant un cri rauque. Par-dessus l'épaule de celui-ci, il avait eu le temps d'entrevoir les deux silhouettes sursauter sous les impacts des ogives de 4,7mm du petit automatique d'appoint élaboré par le génial Herman « Gadgets » Schwarz. Des munitions de petit calibre mais explosives. Quinze dans le chargeur, propulsées au propergol solide, à une vitesse initiale extrêmement élevée et aux effets dévastateurs. Derrière le dos de Trappa, les deux intrus semblèrent hésiter sous les impacts, tanguant sur leurs jambes, armes toujours levées. L'un d'eux se mit à tousser en regardant les corps entremêlés contre la cuvette des toilettes, l'air de ne pas comprendre pourquoi du sang coulait de sa bouche entrouverte. Près de lui, son compagnon s'affaissait lentement dans le fauteuil en ruine couvert de fringues qui jouxtait le lit défait, essayant de redresser vers Bolan le gros bulbe du silencieux de son automatique. Le Guerrier ne lui en laissa pas le temps. Alors que la masse du dealer commençait à glisser de côté en gémissant, une cinquième 4,7mm atteignit le flingueur. Dans son œil gauche. Il émit une sorte de soupir avorté, sa tête bascula en arrière, sa nuque percuta le dossier du fauteuil et, comme à regret, son poing s'ouvrit, libérant le pistolet qui rebondit sur le carrelage crasseux. Pendant ce temps, son copain avait baissé la tête, fixant d'un regard hébété le sang qui coulait de sa bouche sur son blouson et gouttait sur ses pieds. Equipé d'un silencieux, son flingue oscillait au bout de son bras pendant, comme hésitant sur la conduite à tenir. Balançant à l'écart le corps convulsé et déjà inconscient du dealer, l'Exécuteur se redressa, quitta le cabinet de toilette, attrapa le *picciotto* survivant par le col, lui arracha son arme, le plaqua au mur, lui enfonça le canon du Snake sous l'oreille en grondant :

— Tu bosses pour qui ?

Pour toute réponse, il n'obtint qu'une sorte de vagissement écœurant, accompagné d'un flot de bave sanguinolente. Bolan le secoua :

— Qui t'envoie ?

— *Si...*, crachota faiblement le *picciotto. Si... è il... padrone !*

— *Chi è ? Suo nome !*

Nouveau vagissement sanglant, et le Guerrier dut pratiquement plaquer son oreille aux lèvres rougies du flingueur pour vaguement percevoir :

— *E... è Gall...*

Puis le type émit un bref soupir, ses yeux se révulsèrent et il devint très lourd sous la poigne de Bolan.

— *Bene*, grogna celui-ci, désappointé. *Bene...*

Il avait espéré plus d'infos concernant ce Gallu, mais il ferait sans. Lâchant le mort qui s'écroula sur le carrelage, il retourna dans le cabinet de toilette se pencher sur le corps de Rico Trappa. Qui ne valait guère mieux. Au moins trois balles dans le dos. Des bulles rouges s'échappaient de sa bouche, et son regard déjà vitreux résumait clairement son état. Virtuellement mort. Dépité, l'Exécuteur se redressa, ramassa les flingues des deux *picciotti*, et il allait sortir quand il se ravisa, pour aller vers le lit ramasser le portable du dealer.

Ce genre d'objet pouvait être bavard.

— *Bene... Bene...*

Deux mots qui résonnaient dans la mémoire de Fosco Gallucio de manière obsédante. Deux mots suivis de sons divers. Bruits de pas, apparemment descente d'escalier, puis bruits divers, de rue, de circulation, etc. Le *capocalcio* bouillait de rage. D'inquiétude aussi. Parce qu'il avait assisté à tout en direct, et qu'il ne se faisait pas d'illusion. En vrai pro du crime, il avait parfaitement identifié tous les sons et reconstitué la scène entendue sur son portable.

Flingages. Apparemment définitifs.

D'où sa rage. Car ses ordres avaient été clairs. Neutraliser l'intrus pour lui tirer les vers du nez.

Grâce au Nokia espion de Trappa, il entendrait tout de nouveau, et rappellerait ses gars pour dernières instructions. Simple, et sans bavure. Or, il semblait bien que ces deux abrutis se soient fait baiser en beauté… sans rien obtenir auparavant. Et, pis encore, cet enfoiré avait peut-être reçu la réponse à cette question posée à l'un des *picciotti* :

— *Chi ti manda ?* Qui t'envoie ?

Et tout de suite après, ce commentaire qui pouvait passer pour un signe de satisfaction :

— *Bene… Bene…*

Très inquiétant. Si l'un de ces abrutis avait parlé… mais non. Entre la question et le fameux « *bene… bene* », quelques secondes seulement. Pas le temps de baver sur lui. D'ailleurs, ils ne savaient pratiquement rien. En tout cas, pas d'adresse. Moralité, pas de danger que ce type se pointe. Un type dont il ne savait strictement rien, hormis qu'il ne s'agissait pas d'un flic. N'empêche, un « parasite » patrouillait dans son secteur. Alors, sonner le tocsin. Alerter le sommet. Demander des instructions. Et en attendant, prendre les dispositions classiques. Sécurité renforcée. Pour attendre et voir venir. Car un élément au moins dans ce fiasco pouvait s'avérer bénéfique.

Le Nokia.

Le Nokia de Trappa, que le type semblait bel et bien avoir embarqué. Un appareil espion « spyphone » spécialement équipé, à l'apparence de n'importe quel autre de sa référence, mais pourvu de fonctions exceptionnelles et uniques en matière de surveillance, d'écoute et d'interceptions, dont les fonctionnalités d'origine demeuraient opérationnelles. Appelé en numéro prédéfini depuis un autre téléphone mobile, l'appareil retransmettait en toute discrétion, non seulement les appels passés et reçus par lui, mais également tout ce qui se passait dans son environnement. Un gadget de surveillance à distance, dont le *capocalcio* équipait toutes ses nouvelles recrues.

On n'était jamais trop prudent.

A propos de prudence, une procédure s'imposait. Mise en place d'un dispositif de sécurité. Des effectifs spécialisés qu'il n'avait pas. Que seule l'*Organizzazione* pouvait lui fournir. Mais alors qu'il allait délaisser le Nokia pour réactiver son autre portable, il entendit dans l'écouteur :

— *Due cento sei, per favore.*

— *Due cento sei, per favore.*

Il était plus de 2 heures du matin, le hall de l'hôtel était désert, mais, malgré l'heure, le téléphone de la réception sonnait, détournant l'employé de nuit de la lecture de son magazine. Tout en décrochant l'appareil du desk, il tendit la clé 206 à Bolan en lançant dans le combiné :

— *Albergo President… One moment, please…*

Dans le même temps, il sortit une enveloppe non cachetée du casier de la 206, la remit au Guerrier en précisant :

— On a laissé ceci pour vous, *signore* Blasten.

Paul Blasten, l'identité d'emprunt de son passeport canadien. Intrigué en reconnaissant l'écriture de Hal Brognola, Bolan gagna l'ascenseur en ouvrant le pli. A l'intérieur, ces quelques mots :

« Recalled to Rome for early-morning conference Embassy. I'm on the road. You can call me when you get home. » (Rappelé à Rome pour conférence très matinale à l'ambassade. Je suis sur la route, tu peux m'appeler quand tu rentres.)

Reparti en pleine nuit.

Fût-elle captivante et honnêtement rétribuée, la vie d'un numéro Un du *Justice Department* n'était décidément pas de tout repos. Celle de Mack Bolan non plus. D'ailleurs, avant d'appeler Brognola, il avait une chose essentielle à faire.

Loger sa prochaine cible.

Réintégrant sa chambre, il ouvrit son sac de voyage, y passa en revue plusieurs accessoires. D'abord le Smart, le mini-Caméscope I.L. à écran feuille, qu'il monta sur son serre-tête en plastique souple, le poignard Survival en céramique au manche plat et à large lame qui avait voyagé dans l'évidement des pages de son bouquin-écrin, la douzaine de monnaies explosives bien utiles en action défensive. Mettant le tout de côté, il en sortit enfin le Spook[1].

1. Affreux. Désignant également l'espion, en jargon de certains professionnels du Renseignement.

Le computer espion.

Un P.C. portable d'aspect banal, mais aux spécificités particulières, dont l'un des logiciels embarqués était relié à la fois au classique système GPS, et à un radar de poursuite satellitaire, capable de « loger » une cible à partir d'un simple appel téléphonique, entrant ou sortant, et de la suivre à la trace, même en cas de déplacement. Procédé Heaven Eye, Œil Céleste, très secret programme militaire U.S. Opérationnel en toutes circonstances et quel que soit l'éloignement, à condition que l'appareil recherché soit à proximité de son propriétaire. Une merveille de très haute technologie, mise au point pour les services conjoints de certaines agences U.S., comme la D.I.A., le N.S.A., la C.I.A. ou encore la NASA, et détournée par le même Herman Schwarz qui avait conçu les monnaies explosives. Un ami et complice également, au même titre que Harold Brognola, Jack Grimaldi, le pilote d'hélicos, et certains autres. Sans parler des « associés » plus occasionnels, pris parmi les Black Warriors.

Tous engagés comme lui dans la guerre contre le Crime organisé.

Ouvrant le Spook sur ses genoux, l'Exécuteur l'activa, le connecta au Nokia de feu Rico Trappa et, après quelques procédures informatiques de mémorisation destinées au satellite via le computer, il composa le code secret de déverrouillage du système, faisant apparaître une image à l'écran. Grisâtre, légèrement floue. Insolite. Puis l'image se précisa progressivement, affichant ce qui ressemblait à un cliché géographique pris de très haut, sur lequel frémissait une petite pastille verte. En fait, l'écran de l'ordinateur portable restituait l'image d'une prise de vue vidéo nocturne, opérée en direct par un des satellites de Heaven Eye, Œil Céleste, le très secret programme militaire U.S. Opération relayée par un réseau du système beaucoup moins secret nommé Echelon, relié aux computers de la N.S.A. et du C.I.O[1]. Une prise de vues en live, représentant un planisphère constellé de faibles lueurs scintillantes inégalement réparties. En quelques effleurements sur l'écran tactile, Bolan fit défiler le décor grisâtre, puis zooma sur une zone, faisant clairement apparaître le graphisme particulier de la botte italienne. Une image en 2D, qu'il grossit encore, jusqu'à cadrer un secteur précis. La partie sud-ouest de la péninsule.

La Calabre. Plus le détroit de Messine et la pointe Est de la Sicile. Le tout d'une netteté étonnante. Un procédé optique THD, particulièrement apprécié par les spécialistes du Pentagone. Pianotant de nouveau sur le clavier, l'Exécuteur fit alors apparaître divers graphiques et symboles, accompagnés d'un plan du secteur qui vint couvrir l'image en surimpression, avec le tracé des routes et des propriétés, avec leurs adresses et, pour certaines, leurs noms locaux inscrits en surbrillance. Positionnée aléatoirement sur l'image, la pastille verte frémissante figurait la position géographique du Nokia. C'est-à-dire, la sienne. Restait le

1. National Security Agency – Central Imagery Office.

principal. Localiser le fameux Galu, ou Galou. Ou, du moins, essayer. Et pour ça, rappeler le numéro en question. Insérant l'oreillette du satellitaire dans son conduit auditif, il composa alors le numéro relevé sur le Nokia en regard de Gallu, puis, l'œil rivé à l'écran du Spook, il prêta l'oreille, prêt à couper le contact, sitôt la communication établie. Petits sons divers dans l'appareil, puis… messagerie.

Le mystérieux Galu-Galou ne dormait pas.

Moralité : à refaire. Car la première acquisition de fréquence du portable appelé par Heaven Eye ne pouvait avoir lieu qu'en communication ouverte, d'une durée même minime, mais indispensable. Bolan raccrocha, patienta un moment, recommença… même résultat. A cette heure de la nuit, à croire que ce Gallu contait fleurette à distance, à une copine insomniaque. Il raccrocha, attendit encore, tenta de nouveau sa chance au bout d'un quart d'heure, entendit enfin une sonnerie sur le réseau. Brève. Puis :

— *Si!*

Une voix lourde. Désagréable.

Un léger frisson dans les reins et l'œil rivé à l'écran du Spook, l'Exécuteur se concentra, laissa passer trois ou quatre secondes, avant de lancer dans un faible souffle moribond :

— Gal… Galu ?

Timbre déguisé, très bas et aigrelet, au plus près de celui de Rico Trappa, qui pouvait faire illusion. Dans l'écouteur, il y eut un temps mort, une respiration sonore, puis :

— Ric ? C'est toi ?

Une voix tendue. Une lueur vive passa dans le regard de l'Exécuteur. Car, à l'écran du Spook, une petite pastille rouge s'était mise à clignoter sur l'image satellite. Alors, après un vague gémissement qui se voulait celui d'un agonisant en phase terminale, il raccrocha. Sur l'écran du Spook, le point rouge continuait de clignoter, quelque part dans le secteur de Reggio de Calabre. Opérant un nouveau zoom, l'Exécuteur resserra le plan, affichant cette fois l'agglomération en plein écran. Avec ses quartiers, ses blocs d'habitations, ses voies de circulation où l'on voyait distinctement les véhicules en mouvement, avec leurs phares et leurs lumières mouvantes. Scènes de vie en direct. Avec, à la périphérie sud-est de la ville, une zone peu habitée, où le point rouge clignotait de plus belle. En plein sur une toiture carrée à quatre pans. Une demeure plantée sur un espace arboré et flanquée d'une piscine en forme de haricot. Le tout, surplombant la côte piquetée de lumières. Un parc, une villa… La prochaine cible de l'Exécuteur. Restait une procédure. Tenter d'en savoir plus sur ce Galu. Pianotant de nouveau sur le clavier du Spook, le Guerrier fit apparaître plusieurs fichiers. Mafia, Cosa Nostra, Camorra, Sacra-Corona Unita, n'dranghetta etc. Cliquant sur cette dernière, il afficha quelques graphiques flanqués de listings. Peu fournis. La nébuleuse mafieuse calabraise était sans doute la plus puissante, mais également très secrète. Confirmation immédiate. Pas de Galu dans les listings. Ni d'ailleurs aucun nom figurant au sommet de l'organisation. Dépité, l'Exécuteur reposa le Spook sur le lit, décrocha son satellitaire, en activa le scrambler destiné à brouiller la communication.

Pour appeler Brognola.

CHAPITRE XII

— *Due cento sei, per favore.*

Dans l'esprit de Fosco Gallucio, tout se mélangeait. Il avait pourtant suivi le type à l'accent anglo machin au cours d'une longue marche dans des rues, ensuite, il l'avait entendu demander un numéro 206, puis une autre voix annoncer *Albergo President*. Un hôtel en ville, qu'il connaissait. Et, un moment plus tard, il avait reçu ce coup de fil émanant toujours du Nokia, mais avec ce connard de Trappa sur la ligne. Visiblement en train de crever, comme appelant au secours. Alors, Fosco Gallucio n'y comprenait rien.

En définitive, qui transportait ce putain de téléphone ?

— Striker ! *What news ?*

Dans l'écouteur, la voix du fédéral passait moyennement. Toile de fond sonore de moteur, parasites… En quelques mots, le Guerrier résuma son action chez Rico Trappa, et, songeant aux maigres éléments glanés à la fois chez Rico Trappa et sur ses listings-computers, il demanda :

— A propos, si tu pouvais m'avoir une ou deux infos concernant un certain Galu, ou Galou qui trafiquerait dans le secteur, dans la dope ou dans les faux papiers, sans doute au sein de la n'dranghetta…

— Euh… Un moment, hésita Brognola, il est quelque chose comme 19 heures chez nous. Je te rappelle.

— *Thanks*, remercia le Guerrier.

Et il raccrocha.

Galu ou Galou !

Fosco Gallucio avait envie de cogner dans les murs. C'était bel et bien lui dont ce *fanculo* avait parlé, de toute évidence au téléphone, puisqu'il n'avait entendu qu'une partie du dialogue. De lui et de la n'dranghetta ! Un dialogue en anglais ! Bien que limité dans l'usage de la langue de Shakespeare, l'ex-*soldato* avait plus ou moins traduit les propos du type. Super bien rencardé, l'enfoiré ! Résultat, cette petite *merda* de Trappa ou un des *picciotti* qu'il avait envoyés là-bas avait prononcé son nom. Et ce fils de pute venait de demander en anglais des renseignements sur lui à un mystérieux correspondant.

A qui ? Forcément quelqu'un de près ou de loin maqué avec les flics, d'ici ou d'ailleurs. Les Yankees ? Les Anglais ? Une embrouille qui commençait à sentir…

— *Fofo carino !* Tu viens te coucher ?

Et cette petite salope qui venait d'arriver dans son

dos sans qu'il l'ait entendue venir ! Les nerfs en pelote, le *capocalcio* tourna sa grosse tête massive, et sans un regard pour la somptueuse nudité de sa pulpeuse maîtresse du moment, il hurla :

— Tu vois bien que je bosse, connasse ! Va te coucher, et fais pas chier !

Sans doute habituée à ces signes de délicate affection, la blonde se passa les mains dans les cheveux en se cambrant de façon suggestive, faisant saillir en même temps ses seins et son joli postérieur en minaudant :

— *Si, carino !* Ne tarde pas trop, j'ai très envie de toi !

Passion éminemment dictée par le fric qu'elle lui tirait. De son côté, Fosco Gallucio essayait de penser logiquement. Finalement, sonner le tocsin au sommet n'était peut-être pas la bonne idée. Toute cette merde risquait de le discréditer aux yeux des *mammasantissima*. Les big boss. Et ça, c'était toujours mauvais.

Alors, il cherchait la solution.

Un quart d'heure seulement s'était écoulé, quand le satellitaire de l'Exécuteur vibra. Se redressant sur le lit où il passait mentalement les derniers événements en revue, il décrocha pour entendre le fédéral annoncer :

— O.K. Je viens d'avoir Washington.

Le siège du F.B.I. Bolan dressa l'oreille.

— *Fine ! So what ?*

— Ils n'ont pas grand-chose concernant les gros bonnets actuels de la n'dranghetta. Des surnoms, des activités plutôt vagues, rien de bien excitant…

Logique. L'Exécuteur n'en avait pas davantage sur ses listings-computers.

— … En revanche, poursuivit le fédéral, ils ont pu dégager quelques noms de leurs dossiers, dont un qui pourrait correspondre. Un certain Gallucio. Fosco Gallucio.

— Galu, Gallucio, ça pourrait coller, confirma Bolan. De toute façon, je l'ai déjà scanné avec le Spook. Tu as son pedigree ?

— Il serait listé comme ayant suivi le cursus classique, de simple *picciotto* à *soldato*, puis *caporegime* en dernier lieu, renseigna Brognola. Veuf et père d'un seul rejeton prénommé Gianni, actuellement étudiant au grand séminaire de Milan, apparemment destiné à la prêtrise.

Tel fils n'était pas forcément tel père.

— Le premier fichage du père date de plusieurs années, continua Brognola. Précisément quand il s'est pris six mois pour coups et blessures dans une supposée affaire de racket. Depuis son accession au job de *caporegime*, on n'a rien de nouveau sur lui. Il a pu prendre du galon, ou changer d'activité.

Ou être mort. Chez les mafieux, ça arrivait souvent.

De plus, rien ne prouvait qu'il s'agisse de la même personne. Mais le Guerrier allait devoir s'en contenter. Et surtout, aller vérifier. Dès qu'il aurait le matériel nécessaire.

En attendant, la nuit portait conseil.

***

Fosco Gallucio avait compris. Ce type à l'accent anglo-saxon connaissait son nom. Il l'avait prononcé. Maintenant, il allait se mettre à sa recherche. Et compte tenu de ses méthodes, ce n'était pas pour lui parler chiffons. Un stronzo étranger, qui opérait apparemment seul…

— *Putana !*

Le juron résonna si fort dans le salon que du verre trembla quelque part. Puis une voix. De loin :

— *Che cosa carino ?*

— Toi, ta gueule ! Colle-toi au pieu, et écrase !

Une porte claqua dans les profondeurs du bâtiment, et n'y tenant plus, le *capocalcio* quitta le canapé pour gagner la baie vitrée donnant sur le petit parc de la villa, en jurant de nouveau, mais plus bas :

— *Putana di merda !*

L'évidence avait fulguré dans son esprit à la façon d'un coup de jus. Une évidence qui lui coupait le souffle.

Bolan !

Aussi incroyable que cela puisse lui paraître, Bolan la Salope était après lui ! Là ! Quelque part en ville ! Peut-être même qu'il était déjà… Durant une poignée de secondes, il songea de nouveau balancer l'info en haut lieu, abandonna encore l'idée. Toujours mauvais pour son matricule. En revanche, s'il réussissait à… En deux bonds, il fut dans le dressing de sa chambre pour enfiler ses vêtements à la hâte.

— *Carino !* Tu viens pas te…

— La ferme !

— *Bene ! Bene, carino !* Tu me réveilles quand tu rentres, Giusto ?

Mais l'ex-homme de main n'écoutait plus. Dans son regard noir, une lueur dangereuse s'était installée. Une lueur qui y avait flotté en permanence autrefois, quand il était *soldato.* Un des meilleurs de l'*Organizzazione*. Alors, il décrocha de nouveau son autre portable, mais cette fois, plus du tout question des big boss. Rien que des amis. Anciens équipiers, vrais pros. Son passé revenait au galop, avec ses réflexes de guerre… et ses petites astuces. Très vicieuses.

Et mortelles.

La mort était là et Mack Bolan la voyait. La sienne.

Il la voyait l'attendre, inéluctable, presque amie par son omniprésence. Il la connaissait. Ou plutôt, avait appris à la connaître, sinon à la dompter. Il n'en avait plus peur, le néant était repos, éternité, paix. La fin des combats, de la violence, du sang et des souffrances. Pourtant, cette mort, SA mort qui grattait à sa porte en cet instant l'agaçait un peu. Il était fatigué. Qu'elle revienne demain, ou qu'elle l'emporte sans se manifester. Sans bruit. Mais tenace et insistante, elle continuait à gratter à sa porte et…

Et d'un coup, le Guerrier s'éveilla.

A cause de ce bruit. La mort n'était plus là, mais on grattait toujours à sa porte. Un son diffus. Premier réflexe, sa montre. Presque 4 heures du matin. Intrigué et tous les sens en alerte, il se redressa, sauta du lit, et, dans le mouvement, sa main partit cueillir le Snake sous son oreiller. En silence, il se coula contre le mur à l'amorce du sas d'entrée de la chambre, prêta l'oreille, regard braqué sur la porte du couloir à peine discernable dans la lueur de la veilleuse électrique. Eclairage toutefois suffisant pour discerner la chose. Claire.

Un papier.

Ou plutôt, le coin d'une enveloppe, qui bougeait, qu'on essayait de glisser sous le battant. Avec difficulté, tant l'espace était mince. Surpris, Bolan allait ouvrir la porte pour faciliter la manœuvre, quand il se figea. Le concierge ? A cette heure ? Qui d'autre ? Il se baissa, saisit le coin de l'enveloppe, tira à lui d'un coup sec, et il allait se redresser quand tous les signaux d'alerte s'allumèrent dans l'ordinateur de guerre de son cerveau, le tassant brusquement au sol. Au même instant, des coups secs et furieux frappèrent la porte, accompagnés de sons étranges venus de l'extérieur. Des coups qui cognèrent également derrière lui, puis tout autour de lui.

Un déchaînement de feu et de plomb.

CHAPITRE XIII

Des essaims de guêpes enragées faisaient éclater des choses, éjectant des débris contre les murs du sas d'entrée et sur le dos, sur la nuque de l'Exécuteur. Une arme automatique, équipée d'un réducteur de son, dont les ogives traversaient le battant, accompagnées des bruits secs des éclatements du bois.

Puis une longue, dévastatrice rafale, accompagnée des mêmes impacts secs, et des sons étouffés venus de l'extérieur. Ceux du silencieux invisible. Instinctivement, le Guerrier s'était encore aplati, faisant corps avec le sol, et tandis que les balles frôlaient sa tête et sa nuque, le Snake s'était redressé dans son poing, canon pointé vers la porte. Exactement vers les orifices situés au plus bas. L'engageant dans l'un d'eux et dans un angle ouvert en direction du haut, il pressa la détente. Dans sa paume, le petit automatique tressauta. Six fois. Puis encore quatre. Derrière le battant, il y eut une sorte de plainte aiguë, suivie de sons divers, puis d'un choc. Chute d'un objet. Lourd.

L'arme du flingueur ?

Toujours accroupi, le Guerrier empoigna la poignée de la porte, ouvrit celle-ci d'un coup en se replaquant au sol, canon du Snake pointé à l'extérieur, prêt à tout. Juste à temps pour enregistrer la scène. Dans le couloir face à lui, un type gisait recroquevillé contre le mur, un œil ouvert et l'autre fermé, le haut du buste et le visage pleins de sang, tandis que sur sa droite, une silhouette venait de surgir, brandissant un P.-M. au canon prolongé d'un gros bulbe noir. Prêt à cracher. Le Snake le fit avant lui. Trois fois. Trois détonations sèches, qui couvrirent à peine le cri rauque du rafaleur. Comme piqué par un essaim de guêpes, ce dernier ébaucha une série de mouvements désordonnés, avant de reculer de deux pas pour s'adosser à une des portes du couloir. Presque doucement, comme pour ne pas faire de bruit, avant de glisser lentement jusqu'au sol où il s'assit, l'air hébété, son P.-M. toujours au poing. De son abdomen dévasté par les petites ogives explosives, de gros bouillons rouges s'échappaient, souillant son blouson et son jean. Puis il émit un hoquet, vomit du sang, fut pris d'un bref tremblement, avant de se mettre à râler faiblement.

Très mal en point.

En deux bonds et redoutant de voir les clients de l'étage pointer leurs nez à leurs portes, l'Exécuteur attrapa le premier cadavre à sa portée, le tira jusqu'à sa chambre. Heureusement, le sang se voyait à peine sur la moquette foncée, et le bruit avait finalement été plus léger que le sommeil des clients. Quand le blessé fut traîné à la suite du premier, personne ne s'était manifesté. Refermant sa porte de chambre trouée comme du gruyère, Bolan se pencha sur le corps du moribond. Le temps pressait. Si quelqu'un passait dans le couloir… Pris d'une inspiration et dans le seul éclairage de la veilleuse de nuit, il fouilla le blessé, trouva ses papiers, parvint à déchiffrer un nom.

Emilio Serrati.

Relevant doucement la tête de l'intéressé, il interrogea :

— *Emilio ! Mi senti ?*

Dans la pénombre, il vit l'autre entrouvrir un œil, l'entendit émettre un borborygme écœurant, puis vomir de nouveau. Sans trop d'illusions, Bolan répéta :

— Emilio ! Tu m'entends ?

Déjà à moitié mort, l'autre ne devait plus avoir toute sa tête, et s'entendre appeler par son prénom pouvait briser ses dernières barrières psychologiques. Encore un borborygme, puis :

— *S… si ! Ma… male !*

D'une voix si faible que le Guerrier dut se pencher tout près pour insister :

— *Va bene, Milio ! Va bene !* Je vais t'amener à l'hôpital. *Qual è la tua macchina ?* C'est quoi, ta voiture ?

Le flingueur hoqueta quelque chose d'incompréhensible, tout son corps se tendit comme un arc, et Bolan crut qu'il était mort, quand un souffle pénible sortit de sa bouche encombrée par le sang.

Un souffle que le Guerrier perçut à peine. Mais quand l'instant d'après, sac de voyage à l'épaule il parcourut le couloir toujours désert pour gagner la sortie de service de l'hôtel, une lueur glacée flottait dans ses prunelles.

Fosco Gallucio avait tout entendu. Ou presque tout.

De loin, en sons plus ou moins étouffés. Le *fanculo* avait dû enfouir le Nokia dans une poche ou dans un sac loin de lui. En tout cas, il avait suivi le principal. Le son des rafales, puis d'autres bruits, confus, mais suffisamment explicites pour le soulager. Des râles. Le bruit d'une porte, avant d'entendre les pas de ses gars qui revenaient… avec le Nokia. Impératif. Flinguer le Fumier, entrer dans la piaule avec leur passe, récupérer l'appareil à tout prix. Pas question de laisser traîner ça derrière lui.

Assis à l'arrière de la BMW, l'ex-*picciotto* vibrait de plaisir. Il renouait avec ce passé qu'il avait presque fini par croire oublié. Il n'en était rien, et passés les premiers moments de fièvre, il avait retrouvé le mental d'autrefois. Détendu. Presque détaché, tant le professionnalisme avait repris ses droits. Jouissant pleinement de ce qu'il percevait à présent grâce à l'ampli de l'iPhone posé sur ses genoux. Songeant surtout à cette gloire qui l'attendait à présent pour avoir éliminé l'Exécuteur, il alluma un nouveau cigare, suivant distraitement la progression de ses gars par téléphone. Ils revenaient, contrat rempli. Selon ses ordres à lui.

Selon ses directives.

Quand il allait annoncer ça aux huiles du sommet…

Enfin, une silhouette se profila derrière sa glace et il

tournait la tête dans sa direction quand sa portière s'ouvrit à la volée.

— *Buona notte, Gallu!*

« Buona notte, Gallu! »

Tel un écho, la voix était venue de l'extérieur, et de l'iPhone toujours sur ses genoux. Une voix glacée. Comme la chose qui s'était enfoncée dans son cou.

Dure comme la mort.

Dans tout le corps de Fosco Gallucio, ce fut comme une terrible décharge électrique. Une telle montée d'adrénaline qu'il eut l'impression que son cœur explosait. Mais simultanément, malgré les années passées, les réflexes réapparurent. Instantanément, sa dextre était partie sous sa veste, et il arrachait déjà le Beretta 92 de sa ceinture, quand il y eut ce claquement sec tout près de sa tête, et quand son nez encaissa le coup. Si puissant qu'il sentit nettement son cerveau trembler sous l'impact. Dans le même temps, une serre d'acier avait croché son poignet, éjectant l'arme de son poing. La vue brouillée par le choc et l'esprit embrumé, il entendit :

— *Muoversi.* Plus bouger.

Une voix glaciale, sinistre comme le néant, perçue à travers cette espèce de brouillard qui flottait sous le crâne du *capocalcio*. Et la douleur. D'abord supportable, puis subitement intolérable. Son nez. Avec ce liquide chaud qui en coulait à flots. Instinctivement, il y porta son autre main, crut être devenu fou.

Son nez ! Disparu !

La petite 4,7 mm explosive avait littéralement emporté

l'appendice dans sa course. Complètement déstabilisé, l'ex-*soldato* ne put s'empêcher de risquer un regard du côté de l'hôtel. La voix sinistre balaya tout espoir de secours :

— *Sono morti, Gallu.* Ils sont morts. Tous les deux.

Fosco Gallucio encaissa l'info et son écho par iPhone, renifla, faillit s'étouffer sous l'afflux de sang aspiré jusqu'à sa gorge, cracha devant lui en émettant un bruit peu ragoûtant. Pendant ce temps, le contact dur et froid était venu se visser à sa tempe. Une pression irrésistible, qui l'obligea à se pencher de plus en plus, jusqu'à ce que son autre tempe se retrouve coincée contre le montant de portière. Impossible de se redresser. Plus de force. Volonté annihilée. Et cette voix sinistre :

— Calme, Gallu. Evite-toi des souffrances.

A présent, la douleur était si forte que toute la face de Gallucio paraissait n'être plus qu'une plaie. Un symptôme si intense que son cerveau ne fonctionnait plus de façon cohérente. Lui qui avait si souvent infligé les pires sévices à ses victimes sans jamais les subir lui-même était en train de perdre pied. Alors qu'il croyait la contrôler l'instant d'avant, la situation lui échappait maintenant complètement. Une envie forcenée de réagir était en lui. Il aurait voulu frapper, tuer, laminer ce *fanculo* de Yankee, le réduire en bouillie, et il venait de comprendre que c'était impossible. Définitivement. La voix altérée par sa blessure, il ne put contenir la question qui lui brûlait les lèvres :

— T'es Bolan, *vero* ?

— *Vero*, répondit l'Exécuteur qui désigna l'iPhone sur les genoux de Gallucio. Avec ça, tu me suivais à la trace depuis chez Trappa.

Pas une question. Simple constat. Il connaissait le système. Matériel accessible dans le commerce spécialisé. Gallucio avait entendu son arrivée à l'hôtel, son nom d'emprunt, son numéro de chambre etc. Le *capocalcio* acquiesça dans un reniflement laborieux. Respirant avec difficulté et n'y voyant presque plus à cause de l'énorme gonflement de ses paupières, le Calabrais nasilla :

— *Perché me ?* Pourquoi moi ?

Question essentielle. Il n'était plus qu'un minable rouage de l'écrasante organisation criminelle. Un pion sans importance.

— A cause des papiers libyens, dit le Guerrier. Ceux que tu as remis à Rico Trappa. Je veux savoir comment tu les as eus.

En guise de réponse, un autre reniflement. L'ex-*soldato* n'y voyait plus rien, sa cervelle était en compote, le sang pissait de son nez éclaté, et il ne songeait même pas à en endiguer le flot. Il essayait de comprendre comment ses deux *picciotti* avaient pu se faire avoir, et il cherchait la solution à son propre problème. Sans trouver. De toute façon, il était cuit. Il connaissait la réputation du grand Fumier. Jamais de cadeau. Il ne laissait aucun *uomo d'onore* vivant derrière lui. Sauf cas exceptionnels, très rares. Mais le mafieux connaissait le prix de la grâce. Le pire de tout. Comme s'il lisait dans ses pensées, l'Exécuteur assena :

— Ou tu parles, ou je disparais et je m'arrange pour qu'on croie que tu as bavé sur toute la *famiglia*. Et là, tu connais le tarif.

L'ex-homme de main de la n'dranghetta connaissait effectivement le « tarif » en question. Il portait un nom. Vendetta trasversale. Applicable à tous les *pentiti*. Les repentis. Pour avoir collaboré avec les autorités italiennes et américaines dans les années 1990, un certain Tommaso Buscetta avait vu toute sa famille, enfants, beaux-parents, frères, neveux, tous ses amis et toutes se relations proches ou lointaines assassinées par la mafia. Au total, trente-quatre personnes abattues au titre des vengeances transversales. La punition par le sang, y compris celui d'innocents. Le règne de la terreur. Une règle que tout *uomo d'onore* connaissait, Fosco Gallucio en premier, et qui s'appliquait systémati…

— Et alors, enchaîna la voix du Fumier, tu sais ce qui arrivera à Gianni.

Gianni ! La grande Salope connaissait l'existence de Gianni ! Ce type était un sorcier ! Pire que le diable ! Une machine à tuer infernale, qui mettrait sa menace à exécution et une autre machine infernale se mettrait en branle et Gianni…

Soudain, tout bascula dans la cervelle de Fosco Gallucio.

Son fils unique, parti vivre sa foi au grand séminaire de Milan. Le seul membre de sa famille proche ou lointaine qui comptait pour lui, qui représentait à ses yeux une sorte de rédemption personnelle. Gianni, qu'ILS tueraient comme tous les autres. Alors, d'une voix empâtée par le sang qui coulait dans sa bouche et dans sa gorge, il commença péniblement :

— Son… son nom, c'est Gino… Gino Bossi. Un *ruffiano*, un maquereau de la Famille. On… on l'appelle « Cavolfiore »… à cause de ses oreilles…

Le Guerrier écouta. Attentivement. Puis il pressa de nouveau la détente du Snake et se fondit dans la nuit comme il était venu. En silence.

Son blitz allait continuer. Ailleurs.

CHAPITRE XIV

Des pas !

Dans l'enfer de Tanja, ces pas rythmaient ce temps dépourvu de jour et de nuit dans lequel on l'avait plongée depuis son arrivée ici. Des pas qui approchaient, qui annonçaient l'arrivée d'un de ses tortionnaires. Depuis ce réveil nauséeux quelques instants plus tôt, elle avait décidé de ne plus pleurer. De ne plus se plaindre. Malgré ces hideuses conditions de détention, elle était parvenue à réfléchir, et même, à mettre de côté l'évocation de sa sœur. Dans la mesure du possible, elle devait se mobiliser sur un seul objectif : comprendre.

Pour essayer de réagir, de résister, voire de riposter. Sans savoir encore si elle avait la moindre chance. Mais bien que jumelle de Vesna, Tanja n'était pas son clone. Sa principale différence résidait dans son caractère. Plus entier. Parfois, plus emporté. Une battante. Les arts martiaux l'avaient forgée, et, elle l'avait compris, elle ne pouvait espérer aucun secours de l'extérieur. Leurs copains de fac ou de sport ne s'alarmeraient pas de leur absence avant plusieurs jours, et les rares membres encore vivants de leur famille, des oncles, vivaient loin de Ljubljana. De toute façon, aucun d'eux n'était assez riche pour pouvoir verser une quelconque rançon. Elle ne pouvait donc compter que sur elle-même. Et de son côté, Vesna ne pouvait compter que sur sa jumelle. Trop gentille, Vesna. Trop vulnérable.

Alors, peu à peu, le scénario avait pris forme dans l'esprit de Tanja. Mal ficelé, bien sûr. Trop d'éléments incertains. Tout reposait sur les réactions de l'autre abruti, sur son état alcoolique, et sur ce qu'elle-même serait capable de…

Les pas approchaient.

On était sans doute le matin, car avant qu'elle ne s'endorme, un des deux salauds, celui qui ne la pelotait pas, lui avait apporté le deuxième repas solide de sa période de veille. Un énième hamburger. Dégueulasse. Avec un gobelet d'eau, qui sentait la crasse. Ils venaient par roulement. Le plus souvent, c'était le chef. Celui au regard violeur, mais qui ne la tripotait pas, et qui la surveillait pendant sa toilette. Toujours lui. Sans doute parce qu'il se méfiait des réactions de l'autre ivrogne. La dernière fois, avant qu'elle ne s'endorme épuisée, le type lui avait dit : « Maintenant, dodo. Faut que tu restes belle. » D'un ton bizarre. Sans la toucher. Puis comme d'habitude, son regard avait parcouru ses formes de la tête aux pieds. Un regard lourd, dont elle sentait encore le poids. Une sorte de magnétisme malsain, de feu, qui la violait aussi sûrement que s'il l'avait possédée de force. Finalement, il était celui qu'elle redoutait le plus. Trop froid. Sans faiblesses apparentes. A sa voix, elle savait que c'était lui qui avait dit à l'autre de piquer son bras quand elle était ligotée dans sa caisse, même si l'aiguille était cassée. L'autre, le soûlard qui l'avait piquée et frappée, la pelotait à chaque visite, profitant qu'elle était menottée au tuyau. Encore plus si elle se débattait. Il la touchait partout, d'abord en ricanant, puis en respirant très fort. De plus en plus fort. Et plus vite. Celui-là était un rustre. Un abruti. Elle le sentait. Un malade sexuel confit dans l'alcool, qui prenait un plaisir sadique à la tripoter. Comme une sorte de fièvre qui faisait trembler ses mains, qui dilatait ses pupilles et mouillait les coins de sa bouche. Alors en s'éveillant tout à l'heure, Tanja avait décidé d'essayer de savoir. De l'amadouer, d'improviser pour lui tirer les vers du nez. Pour savoir où était Vesna. Pour connaître enfin le sort qui leur était réservé. Même si, d'avance, elle redoutait la réponse, elle devait le faire. Quitte à contrôler sa répulsion quand les grosses pognes brutales malaxeraient une nouvelle fois sa chair… Si ça tournait mal, elle se mettrait à hurler, et l'autre type viendrait voir ce qui se passait…

Une chance sur cent. Peut-être encore moins, mais elle devait la tenter.

Les pas approchaient encore.

C'était l'ivrogne. Elle reconnaissait son pas. Lourd, un rien traînant. Au prix d'un effort de volonté intense, la jeune Slovène se vida le cerveau, et tentant d'oublier l'engourdissement de son bras tiré vers le haut par les menottes, elle se tourna en chien de fusil, ferma les yeux comme si elle dormait encore.

L'angoisse au ventre.

L'instant d'après, le son métallique de la clé actionnant la serrure de la porte résonna, et une lueur mouvante se diffusa à travers ses paupières closes. La lampe du salaud. Puis elle entendit le pas lourd, le claquement de la porte refermée, le bruit du plateau en tôle que ce sale porc posait par terre, près de son matelas. Son déjeuner.

— Hé ! Tu fais la grasse matinée ?

La voix du soûlard, effectivement. A cette seconde, Tanja sut qu'elle ne pouvait plus reculer… et la peur lui tordit les entrailles.

C'était le tiers-monde. Cet endroit de la Calabre n'avait rien de touristique, surtout dans le petit matin. Un bout de route défoncée, des terrains vagues, un chemin de terre entre deux murs à demi écroulés, avec un écriteau tordu accroché sur un poteau :

Officina meccanica, carrozzeria, pezzi di ricambio.

Tout au bout du chemin dans les lueurs de l'aube légèrement brumeuse, des bâtiments lépreux aux toits de tuiles grisâtres plus ou moins affaissés. Mack Bolan régla le taxi, sauta à terre, et tandis que la voiture redémarrait dans un nuage de poussière, il descendit le chemin pour gagner les bâtiments. Sitôt à proximité, des chiens invisibles se mirent à japper furieusement, et un échalas à casquette et en bleu de travail maculé de cambouis apparut dans le cadre d'une large porte coulissante, dont la tôle n'avait pas dû voir de peinture depuis Jules César.

— *Signore ?*

Voix nasillarde, ton méfiant. Quelque part, les chiens aboyaient toujours, et le Guerrier dut hausser le ton :

— *Sono il capitano John.*

La veille au soir, après son briefing avec Hal Brognola et avant d'aller du côté du port s'occuper de Rico Trappa le dealer, il avait appelé Amedeo Nanni le garagiste, pour lui donner sa liste et l'avertir de son passage.

L'échalas le toisa, cracha à terre et grogna :

— *Venga.*

Ils traversèrent un atelier où deux mécanos s'affairaient autour d'une camionnette, puis un terrain cerné de murs, encombré de carcasses de voitures, d'épaves diverses et d'un amoncellement de pièces mécaniques hors d'usage, où deux molosses à l'attache se mirent à tirer sur leurs chaînes comme des malades. L'échalas les fit enfin taire, puis désignant un autre bâtiment au fond du terrain, il indiqua :

— *E'qui.* C'est là.

Précédant Bolan, il l'entraîna à l'intérieur d'un véritable capharnaüm, plongé dans une ambiance crépusculaire. Partout, des caisses, des cartons poussiéreux pleins d'objets hétéroclites. Une odeur de graisse et d'autres choses encore prenait à la gorge. A l'extrémité du local, une autre porte, en acier peint. Presque neuve. L'échalas l'ouvrit, découvrant une autre pièce, presque aussi encombrée, sans fenêtre, éclairée par un tube fluo suspendu au plafond, meublée d'un vieux bureau d'usine faisant face à deux chaises. Derrière, cigarillo à la bouche, une espèce de poussah mal rasé transpirait dans un tricot de peau plus que douteux, absorbé par son journal, affalé dans un fauteuil dont le cuir brun partait en lambeaux. L'échalas nasilla :

— *E il capitano.*

Un vague grognement lui répondit, et tandis que l'échalas refermait la porte d'un coup de talon pour s'y adosser, mains dans les poches, le poussah leva les yeux sur le Guerrier. Un regard de batracien. Globuleux, expression zéro. Passant le cigarillo éteint d'un côté de sa bouche à l'autre d'un adroit coup de langue, il hocha sa grosse tête aux cheveux gras en grognant de nouveau :

— Humm… *Ciao.*

— *Ciao.* Vous êtes Amedeo ?

— Humm, éluda le gros, sans cesser d'observer Bolan. J'espère que t'as assez de fric, *capitano* ?

— J'ai, répondit le Guerrier.

Amedeo Nanni enchaîna :

— Parce que le matos, c'est de plus en plus cher, *capitano.* Et de plus en plus difficile à avoir.

Suivit un silence épais. Comprenant le message muet, Bolan ouvrit son blouson, en sortit une épaisse liasse de billets verts. Rien que des 100, et des 500. Sésame qui alluma une vague lueur dans le regard de batracien.

— *Bene.*

Désignant une autre porte sur la gauche, il grommela :

— Tu suis mon gars, tu mates la marchandise. Le prix total est marqué à la craie sur le plus gros sac. Pas négociable. Si t'es pas d'accord, on se connaît plus, si c'est O.K., tu lui files le fric, et tu embarques le tout… D'accordo ?

Rempochant la liasse, Mack Bolan hocha la tête, suivit l'échalas qui le précéda dans un garage. Murs et sol bétonnés, plutôt propre. A l'intérieur, un 4x4. Une camionnette, une moto trail Honda Transalp sur sa fourche, un jeep Cherokee gris sombre, aux vitres latérales et arrière fumées. Modèle ancien, passablement cabossé et griffé, mais il fallait voir. L'échalas ouvrit l'arrière, révélant deux sacs en grosse toile synthétique brunc, posés sur le plancher devant les sièges. Dont un nettement plus gros. Dessus, cinq chiffres tracés à la craie bleue. 40 000.

Commande fin prête. On était entre pros.

Sous le regard attentif de l'échalas, le Guerrier ouvrit les sacs, prit le temps d'en faire l'inventaire complet. Un pistolet Beretta 92 9mm, un Ruger de même calibre, deux P.-M. MAC 10, un M-P 5K Heckler & Koch, et un fusil de sniper démontable Dragunov version courte SVU, de calibre 7.62x54mm R, équipé d'une lunette PSO-1, plus quatre grenades russes F-1 à fragmentation, et une paire de jumelles. Le Guerrier vérifia les mécanismes, les chargeurs, les boîtes de munitions, referma enfin les sacs, satisfait. Matériel quasi impeccable, bien graissé, bien enveloppé. De quoi soutenir un petit siège. Cher, mais fiable.

G'Is of Afghanistan, thank you !

— O.K., dit-il.

L'échalas grimpa au volant du Cherokee et lança le moteur. Au son, Bolan reconnut tout de suite la qualité du moteur. Horlogerie suisse. L'établissement soignait sa réputation. Sortant une pochette plastifiée de la boîte à gants, le Calabrais renseigna :

— *Documenti*. Papiers.

Au nom d'un propriétaire probablement au cimetière, ou dans un mouroir pour vieillards atteints d'Alzheimer.

L'Exécuteur remit la somme demandée au casquetté qui ouvrit la porte du garage. L'instant d'après, salué par les jappements furieux des deux molosses, il lançait le Cherokee sur le chemin menant à la route. Le soleil naissant nimbait de rose les écharpes de brume…

L'heure du dernier sommeil. Le plus léger.

— Hé ! Tu fais la grasse matinée ?

La voix épaisse d'Autun Vozip avait fortement résonné contre le béton des murs, il le regretta aussitôt. A cause de ce que son regard venait d'accrocher dans la lumière crue de sa lampe.

La culotte de la fille.

Si elle se réveillait maintenant… mais non. Elle avait bougé dans son sommeil, et sa jupe en jean boutonnée devant s'était ouverte, découvrant les cuisses et la fine lingerie claire. Autun Vozip retint son souffle. Cela lui avait provoqué comme une décharge électrique dans le bas-ventre. Sa bouche s'assécha instantanément, et le sang se mit à battre à ses tempes. De vrais coups de marteau. Si forts qu'il chancela sur place. Heureusement, la fille n'avait toujours pas bougé. Elle respirait lentement, et dans la lumière de la grosse lampe, l'image hautement érotique l'attirait comme un insecte vers la toile blanche d'un entomologiste.

Le supplice de Tantale.

A cet instant, quelque chose craqua dans le cerveau de la brute. C'étaient toujours les maquereaux qui se tapaient les filles avant de les envoyer au turbin. Trop injuste. Après tout, les risques c'étaient eux qui les prenaient. Eux, les livreurs. Il n'y avait que ce connard de Matej pour accepter ça sans sourciller. Sûrement impuissant, sinon…

— Humm !

Autun Vozip faillit sursauter. La fille venait de bouger, étirant son bras menotté avec un petit gémissement. Dans le mouvement, sa jupe s'était davantage ouverte, et le Slovène faillit en avaler sa langue. Les marteaux se déchaînèrent à ses tempes, et son rythme cardiaque suivit. Si emballé qu'il ouvrit la bouche en grand pour chercher de l'air.

— Humm ! Ah, c'est vous !

La fille avait ouvert des yeux embués. Encore pleins de sommeil. Elle regardait Vozip entre ses cils mi-clos, l'air pas bien réveillée, sans doute éblouie par la lampe. Malheureusement, elle avait refermé sa jupe d'un geste agacé. A cet instant, le cerveau perturbé du Slovène ne retint que deux choses concernant le fameux interdit… Ce con de Matej était sorti pour chercher à bouffer, et la « livraison » des filles était prévue pour demain. Restait peu de temps pour profiter de cette petite connasse.

Surtout, faire vite.

Si Matej débarquait… Alors, sans s'en rendre compte vraiment, il avait laissé tomber la lampe à terre, enfoui le trousseau des clés dans sa poche de pantalon et sorti de son étui de ceinture le grand couteau à cran d'arrêt. Le cerveau en ébullition, il se laissa tomber sur la fille qui cria :

— Non ! Arrêtez ! Vous êtes fou ! Votre copain va venir et…

— Fais pas chier ! Il est pas là, mon pote ! Parti faire un tour.

— Non ! Nooooon !

Comme un fou, il écrasa sa bouche de sa grosse pogne en éructant :

— Ta gueule, salope !

Sous lui, la fille se débattit, lui mordit la paume. Dans un accès de rage, il cogna, sentit craquer sous son poing. Sa victime cessa de crier, s'amollit brusquement sous lui. Evanouie. Alors, ivre d'alcool, d'un désir bestial monté du fond des âges et mû par une pulsion irrépressible, il ouvrit en hâte son pantalon, arracha le slip de la fille, s'affala entre ses cuisses et chercha sa cible à coups de reins désordonnés. Perdant tout contrôle, il oublia qu'il serrait toujours le couteau dans son poing, n'entendit pas le gémissement de la fille. Il était ailleurs. Dans l'enfer des fous.

CHAPITRE XV

Tanja eut l'impression d'être arrachée à la mort, pour revenir au royaume des cauchemars. Durant un instant, elle eut du mal à comprendre ce qui se passait, puis, d'un coup, tout lui revint. Dans la lumière blême de la lampe tombée à terre, elle vit la masse du salaud engagée entre ses cuisses, cherchant son ventre à coups de reins désordonnés. Puis l'éclair blême de la lame du couteau, le sang, qui coulait d'une coupure située sur le dessus de sa cuisse gauche. La douleur l'avait sortie de l'évanouissement. D'abord presque inexistant, son rythme cardiaque s'emballa subitement, son cœur cognant si fort contre ses côtes qu'elle en perdit le souffle. Simultanément, une évidence s'imposa à son esprit chamboulé. Le viol !

Le viol si redouté ! Sur elle, le salaud était comme fou, la martelant si maladroitement qu'il la blessait sans trouver son chemin.

Ses réflexes prirent le pas sur la raison. Des réflexes appris tout au long des nombreuses séances d'entraînement sur les tatamis des dojos où elle avait transpiré, souffert, parfois goûté à la défaite, mais aussi souvent triomphé. Et les automatismes s'imposèrent.

Nature de l'attaque, position de l'adversaire, options possibles de riposte. Dont une, évidente : Sankaku jime.

Etranglement en triangle, prise au sol utilisant principalement les jambes du défenseur. Le but : compression des carotides de l'attaquant, destiné à stopper l'arrivée du sang au cerveau. A cet instant, rien ne comptait plus dans l'esprit de Tanja que cet enchaînement qu'elle avait pratiqué des centaines de fois dans les salles d'entraînement.

Dès lors, la mécanique se mit en route.

Elévation du bassin vers le buste du violeur, montée de la jambe gauche, enroulement de celle-ci derrière la nuque de l'adversaire, pour bloquer son cou du côté gauche, et prise simultanée de son bras gauche. Celui armé du couteau. Prise du poignet, torsion du poing en kote gaeshi, blocage. Extrêmement douloureux, mais dans son état d'excitation, le salaud ne s'était encore aperçu de rien. La douleur n'était pas encore parvenue à son cerveau. Pendant ce temps, Tanja avait envoyé sa jambe droite par-dessus sa propre jambe gauche, celle qui bloquait la nuque de l'agresseur. Dans la foulée, saisie par sa main libre de la tête de l'attaquant, resserrage de l'ensemble des prises en un mouvement coordonné, destiné à comprimer les carotides de l'adversaire, à la fois par la cuisse gauche du défenseur et par son propre bras gauche, bloqué contre son cou.

Le genre de « clé » dont on ne sortait pas. Résultat,

rupture du flux sanguin vers le cerveau, perte de conscience presque immédiate.

Voire la mort, si on insistait trop.

Gigotant sur elle, le Slovène éructa :

— Eh ! Espèce de… salo… Qu'est-ce que…

La suite se termina en un borborygme mouillé. Malgré l'alcool et son état d'excitation, Autun Vozip venait de réaliser la situation. D'abord, simplement incongrue. Anormale. Il n'avait pas encore réalisé la prise autour de son poing armé. Puis, soudain, le kote gaeshi fit son effet. Une douleur foudroyante, un craquement dans son poignet, et le couteau glissa de ses doigts pour rouler à terre. S'agitant alors en tous sens et essayant d'échapper à la prise de main et aux cuisses dont l'étreinte se resserrait davantage autour de son cou, il coassa en bavant :

— Put… Arrête de déconn…

La suite ne fut qu'un ridicule vagissement. Usant alors de son bras libre et glapissant de plus belle, il frappa sauvagement les côtes de Tanja, puis tenta d'accrocher la main qui tordait son poignet. Mais, galvanisée par l'effort, la rage et la crainte de voir surgir le copain de la brute, Tanja ne sentait presque rien. Toute sa volonté, toute sa jeune science du judo étaient mobilisées vers ses jambes et son unique main libre, resserrant de plus en plus l'étau qui étranglait le Slovène. Administrée par une ceinture noire, cette prise menait normalement l'adversaire à la syncope en une douzaine de secondes. Mais Tanja n'était pas ceinture noire, sa prise manquait de fermeté, et l'angoisse grandissait en elle. Alors, elle serra, serra ses jambes, tira sur le bras du salaud pour mieux coincer son cou…

— Arr… Arrê…

Cette fois, ce qui suivit fut un bruit de soufflet de forge crevé, et sous elle, le poing libre du Slovène cognait frénétiquement son flanc, tandis que le corps massif était secoué de violents soubresauts. Mais Tanja tenait bon. Elle ne lâcherait plus. Ses jambes, ses cuisses s'étaient muées en boas constrictors, dont les anneaux serraient… serraient…

Ne cesseraient plus jamais de serrer.

A devenir dingue, les décibels de la sono vrillaient le crâne de Gino « Cavolfiore » Bossi. Au Cocos, c'était toujours comme ça, et avec toutes ces caïpirinhas, c'était encore pire. Comme très souvent, le *sgarrista* avait passé sa soirée dans un des nights de Reggio de Calabre, où il savait pouvoir draguer facilement, et dont la plupart appartenaient à l'*Organizzazione*. C'est-à-dire ici, à Don Massimo « Leone ». En ville, tout le monde connaissait le *capo crimine*, et savait qui il était, y compris les flics, les avocats et les juges, qui en croquaient quasiment tous. En fait, de près ou de loin, tous bossaient pour lui d'une façon ou d'une autre. Gino « Cavolfiore » également. Ici, aucun gros bras comme lui n'aurait pu survivre plus d'une journée sans sa bénédiction, et c'était bien comme ça. Cette nouvelle commande spéciale des jumelles slovènes après celle des Libyens lui avait rapporté un gros paquet. De quoi…

Putain de sono ! A devenir complètement louf !

Tout au fond de lui et enfoui sous sa couette, Gino « Cavolfiore » avait conscience de ne plus être au Cocos, mais bel et bien chez lui. Un local du secteur réaménagé sur les collines du nord de la ville, à l'étage d'une ancienne cartonnerie qu'il avait rachetée une poignée de cerises pour la faire transformer en loft, genre garçonnière super tendance, mais toujours en chantier, faute de fric. En revanche, de ses baies vitrées en attente de réfection, le regard plongeait sur le détroit de Messine. La raison de son choix. Ça faisait standing. Mais ce matin — car c'était sûrement le matin —, Gino « Cavolfiore » n'avait pas le cœur aux considérations de classe. Il était mal à l'aise. Une impression bizarre.

Putains de caïpirinhas !

Et avec ça, il n'avait même pas baisé. Trop bituré. Des batteries de sonos plein le crâne, il avait les paupières brûlantes et la bouche plus pâteuse qu'un *braciole di maiale* au *pecorino.* Il ignorait l'heure, mais il allait rester au lit. Toute la journée s'il le fallait. Demain, il devrait être en forme. Reggio-Trieste, c'était beaucoup de route, et avec ce convoi de gonzesses… Alors, dormir encore. Malgré ce radio-réveil à la con qui s'était mis en route, pour débiter sa musique de débile. Un radio-réveil qui n'était même pas sur la table de nuit, et que sa main partie le chercher au radar n'arrivait pas à atteindre. Trop loin. Tant pis. La flemme. Et trop mal au crâne. D'ailleurs, la musique débile venait de cesser pour le blabla habituel des infos. Mais les infos, Gino « Cavolfiore », l'ex-*ruffiano* des *quartieri*, s'en foutait comme de sa première pute. Cette impression de malaise persistant. Comme une angoisse qui le…

« … de l'hôtel President, deux autres cadavres ont été découverts par la police. Mais, à l'instant où l'on vous parle, on ignore encore s'ils ont un rapport direct avec celui du bookmaker Fosco Gallucio retrouvé assassiné dans sa voiture, et avec les trois autres corps découverts au domicile du dealer Rico Trappa, en possession de ces mystérieux papiers d'identité libyens… »

Papiers libyens ! Fosco Gallucio !

D'un violent sursaut, Gino « Cavolfiore » se redressa dans son lit, rejetant la couette de côté, hagard, la vision trouble et l'estomac retourné. Statufié dans une position inconfortable, il fixa le radio-réveil au cadran luminescent qui clignotait dans la pénombre de la chambre, comme s'il s'agissait d'une bête malfaisante. Un radio-réveil qu'il se souvenait à présent avoir désactivé à son retour au petit matin, justement pour éviter tout réveil intempestif. Un appareil dont le cadran lumineux semblait le narguer, et qui continuait à débiter sa litanie d'infos :

« …epuis ce matin, des barrages filtrent les sorties de la ville, tandis que la police recherche activement un Canadien enregistré sous le nom de Paul Blasten à l'hôtel President, client de la chambre où gisaient deux des trois corps. Selon les premiers éléments de l'enquête, les trois victimes seraient supposées appartenir à la mouvance du Crime organisé… »

Gino « Cavolfiore » Bossi n'écoutait plus vraiment. Il ramassa sa veste jetée sur le plancher avec ses autres vêtements, trouva son portable qu'il activa d'une main nerveuse. Presque aussitôt, une voix d'homme répondit :

— *Pronto ?*

Une voix de rogomme. Celle de Franco « La Rabbia ». Son *capo*. Son contact direct avec l'*Organizzazione*, celui pour lequel il faisait les boulots délicats. Punitions des filles récalcitrantes, voire l'élimination de « matériels non conformes ». Comme ces jumelles slovènes et ces Libyens quelques jours plus tôt. Mal à l'aise et la tête en capilotade, le *picciotto* se lança :

— Gino ! T'as écouté la radio ?

— Tu crois que j'ai que ça à foutre ? Je l'ai pas écoutée, mais on m'a dit, pour le coup de l'hôtel. Et quoi ? Ça te pose un problè…

Sur la ligne, la voix du colosse s'était tue subitement. Elle reprit, un soupçon plus lourde :

— Nom de Dieu, Gino ? T'aurais un problème avec ça ?

A cet instant seulement, Gino « Cavolfiore » se rendit pleinement compte de la situation. Son petit trafic de papiers avec le *capocalcio* était un arrangement entre celui-ci et lui. Une combine rien qu'à eux, qu'ils avaient mise au point sans en référer à l'*Organizzazione*. Or, rien… absolument RIEN ne devait se faire sans l'accord de celle-ci. C'était la loi. Leur loi à tous. Une faute, qui atteignait soudain un degré de gravité extrême. A cause de ces foutus papiers libyens.

— T'aurais un problème avec ces papiers libyens, Gino ?

Bien que plus bas à présent, le timbre de « La Rabbia » recelait un début de menace. Lui aussi était au courant pour les papiers. Des documents que Gino « Cavolfiore » était censé avoir détruits, à l'instar de toutes traces permettant d'identifier les corps des Libyens. Question de sécurité. Réprimant un haut-le-cœur et des lucioles plein ses yeux brûlants de sommeil, le *picciotto* prit sa décision. Tout dire. Après tout à l'origine, même s'il fallait toujours demander au sommet la permission pour mettre une combine sur pied, la faute n'était pas si grave. Le *capo crimine* et les *mammasantissima* comprendraient qu'il n'était pour rien dans la suite de tout ce bordel. D'ailleurs, « La Rabbia » l'avait plutôt à la bonne. Alors, il prit la décision la plus sage. La plus appréciée en haut lieu. La franchise.

— Euh... Ben... Ecoute, Franco, je... enfin, je crois qu'on a un problème.

Essayant de se remettre les idées en place et tout en se donnant le moins mauvais rôle possible, il avoua son petit business parallèle avec Fosco Gallucio, avant d'affirmer sur un ton misérable :

— Mais c'était une idée de Gallu, Franco ! Moi, j'y tenais pas, et ça s'est passé cette fois seulement. Jamais avant. Jamais !

Silence sur le réseau. Lourd et menaçant. Servile, le *picciotto* enchaîna très vite :

— D'ailleurs, t'as vu, pour les petites frangines slovènes emballées dans leurs caisses, c'était le super-coup, pas vrai ? La tienne, je l'ai gardée dans les vapes jusqu'à la clinique, et si le cargo est confirmé, sa sœur va embarquer dans son container comme prévu. Une idée géniale, que t'as eue là, Franco. Et de jolis bénefs pour nous tous, pas vrai ?

Silence sur la ligne. Crispé, le gros bras insista :

— Alors tu penses bien que cette histoire de papiers, c'était vraiment pour rendre service à Gallu. Une seule fois, je te dis. Une seule et dernière fois !

De nouveau, son correspondant resta coi un instant, avant de déclarer d'une voix plus rogomme que jamais :

— ON n'a pas un problème, Gino. TU as un problème.

Cette fois, la menace était évidente. L'estomac dans la gorge, Gino haleta :

— Eh ! Ecoute, Franco ! Je… ça n'arrivera plus ! *Parola d'onore !*

— Bouge plus un cil, *stronzo*. Ta livraison est prête ?

— *Si ! Si !*

— L'ambulance ? Tes infirmiers ?

— *Si ! Si !* Les mêmes. *Senza problema. Sicuro !*

— *Bene.* Alors on s'appelle plus. Le téléphone, c'est pas top. On se voit demain au dépôt, à l'heure convenue. Ça fait pas mal de route, soyez pas en retard.

A l'oreille du *picciotto*, le déclic qui suivit résonna à la manière d'un verdict. Le ton était lourd, chargé de menaces non formulées. Pourtant, Franco « La Rabbia » venait de lui confirmer la livraison de demain à Trieste. Signe réconfortant. A priori, rien n'était donc changé entre son *capo* et lui. Un frisson désagréable parcourut néanmoins les reins de « Cavolfiore ». Avec l'*Organizzazione*, tout était possible, et son malaise persistait. Comme si, désormais, la sentence était près de tomber. Là. Toute proche. Et puis, il ressentit cette impression. Ce sentiment quasi animal de danger imminent et…

— *Ciao, Gino.*

CHAPITRE XVI

Le corps de Tanja tremblait. Il n'était plus que pierre, et pourtant, il tremblait. Dans une espèce d'état second, Tanja Golec savait ce qu'elle était en train de faire.

Tuer.

Elle était en train d'étrangler son violeur. Elle le voulait. Le souhaitait de toute son âme. Tout son être n'était que répulsion à son égard. Et, en même temps, son cerveau fonctionnait à une vitesse folle. Focalisé sur une pensée. Fuir. S'échapper de cette cave, délivrer Vesna et courir toutes deux le plus loin possible d'ici. Alors, elle serrait, encore et encore. Jusqu'à la douleur. Jusqu'à la crampe crucifiante de la cuisse gauche. Celle blessée par le couteau. A ne pouvoir contenir son cri. Jusqu'à lâcher prise. Ce qu'elle fit, sans le vouloir encore, fixant d'un regard halluciné le corps de son bourreau affalé sur elle, sa tête sur son ventre, immobile, apparemment sans vie. D'une violente ruade, elle se dégagea, la tête du salaud roula de côté. Une face à la peau d'une teinte étrange, foncée. Haletante, plongée dans son cauchemar, Tanja dut alors se livrer à une épuisante gymnastique. Entravée par les menottes, elle dut reprendre le corps immobile entre ses jambes, le tirer vers elle pour que sa main libre puisse enfin le fouiller. Son but : ce trousseau de clés qu'elle avait entendu sonner dans la poche du monstre. En sueur, tous les nerfs tendus à se rompre, elle parvint à y glisser la main, faillit crier de soulagement en ramenant le trousseau. Contre elle, face contre le sol, le salaud n'avait eu aucune réaction. Tanja se dit qu'il était mort, elle s'en fichait. Trop affairée à chercher la bonne clé. Et d'un coup, son bras prisonnier fut libre et elle fut debout.

Tremblante sur ses jambes, ivre d'une liberté qu'elle n'avait pas encore recouvrée, le cœur battant follement dans sa poitrine, elle ramassa la lampe, le couteau du salaud, et sans un regard pour lui, claudiqua jusqu'à la porte, sur sa jambe blessée encore bloquée par la crampe. L'instant d'après, la bonne clé actionnait la serrure. La lampe éclaira un couloir décrépit où couraient des tuyaux humides et rouillés, à l'enduit de ciment suintant et s'en allant par larges plaques. Refermant aussitôt la porte dans son dos, Tanja Golec n'avait plus qu'une idée. Plus qu'un désir : retrouver sa sœur. Quitte à tuer quiconque voudrait l'en empêcher.

— *Ciao, Gino.*

Les deux mots résonnaient sous le crâne de « Cavolfiore » jusqu'à la douleur. Comme mû par une puissante décharge électrique, le *picciotto* sursauta, tourna la tête si brusquement que ses cervicales craquèrent. Dans une sorte de cauchemar brumeux, il distingua alors l'ombre au fond de la chambre. Une silhouette. Assise sur le banc capitonné où il posait ses vêtements d'habitude. Incrédule, sidéré, il restait les yeux dilatés, sans comprendre ce qui arrivait. Puis d'un coup, il réalisa.

Franco !

Dans la pénombre, il venait d'intercepter un reflet bleuté dans le poing de l'intrus. Un calibre. Ce salaud de « La Rabbia » lui avait envoyé ses *assassini* ! Déjà ! Sans autre forme de…

— Tu as le sommeil lourd, Gino. C'est moi qui ai ouvert ta radio. Pour te réveiller en douceur. On doit parler, toi et moi.

Ironie froide dans le propos. Glacée, même. Comme la voix qui reprit :

— C'est quoi, cette histoire de petites frangines slovènes emballées dans leurs caisses ? Et cet embarquement dans ce container… Encore un trafic de papiers d'immigrés ?

Malgré sa migraine, son estomac révulsé et son stress, le *picciotto* avait noté l'accent de la silhouette. Rien à voir avec celui de la Calabre, ni même d'aucune autre région. Un étranger. Genre anglo-saxon. U.S., D.E.A. ? Non. La D.E.A. n'avait guère droit de cité en Calabre, et en plus, elle s'occupait de dope. Pas du trafic de putes ou de faux papiers. Toujours statufié sur son lit, il tentait d'analyser la situation, tout en essayant de se souvenir de l'endroit où il avait rangé son Beretta la dernière fois. En vain. Et sans qu'il l'ait réellement voulu, les deux questions essentielles franchirent ses lèvres desséchées :

— Comment t'es entré, toi ? Et d'abord, t'es qui ?

La porte de l'appartement était une cinq points. Serrure à pompe et tout. Le top en matière de sécurité. Et ça, il se souvenait parfaitement l'avoir verrouillée en rentrant du Cocos. Réflexe pro. En revanche, pour le Beretta…

— J'ai ce qu'il faut pour ouvrir une porte, répondit la voix à l'accent américain. Pratiquement toutes les portes. Et mon nom, c'est Mack Bolan. Le grand Fumier, si tu préfères.

D'abord, le nom flotta dans la mémoire embrumée du *picciotto* sans éveiller d'écho, puis, subitement, ce fut comme un rideau qui s'ouvrait dans son cerveau, libérant un énorme flash aveuglant.

Bolan ! Bolan la salope !

Cela lui fit l'effet d'une locomotive lui percutant la poitrine. Souffle coupé, cœur stoppé. Une douleur violente fulgura sous son crâne, lui envoyant des éclairs plein les yeux, et il sentit du chaud et de l'acide lui remonter dans la gorge. Un début de nausée qui n'avait rien à voir avec la trouille, bien sûr ! Seulement la gueule de bois. Et ce putain de Beretta qu'il n'arrivait pas à situer…

« Je passe te voir. »

Subitement, la dernière phrase de Franco « La Rabbia » lui était revenue à la mémoire. Son *capo* allait débarquer, mais quand ? Et pourquoi ? Pour simplement discuter hors téléphone, ou pour lui faire payer son business avec Gallu ? Dans son esprit embrouillé, l'idée jaillit d'un coup. Il connaissait la légende du Fumier. S'il était à Reggio, ce n'était sûrement pas pour s'occuper d'un simple gros bras comme lui, mais pour régler des comptes avec les grosses baleines. Les *mamma-santissima*. Moralité, la grande Salope cherchait une piste pour monter jusqu'à eux. Méthode classique. Seul problème, si les noms des *tutti i capi* circulaient plus ou moins chez les *picciotti* et autres éléments négligeables de la hiérarchie mafieuse locale, Gino « Cavolfiore » ignorait totalement où ils pouvaient habiter. Là-dessus, des tas de rumeurs circulaient, toutes invérifiables. Les structures et cloisonnements de la n'dranghetta étant extrêmement étanches, seuls certains big boss pouvaient accéder au sommet par voie directe. Mais ça, l'autre Fumier l'ignorait sûrement. Pour Rico « Cavolfiore » un joker possible. Essayant d'oublier sa migraine et la bile qui stagnait dans son gosier, il finit par lâcher du bout des lèvres :

— Moi, je suis qu'un *piccolo*, par ici. Je protège seulement quelques filles sur le secteur, c'est tout. Pas un de ces *capi* qui me bouffent la laine sur le dos. Alors, je sais pas ce que tu cherches, mais c'est sûrement pas moi qui pourrais t'aider. Et puis, ce truc des papiers, c'était juste un petit business, histoire de…

— Pas besoin d'aide, renvoya l'ombre à la voix glacée.

Surtout pas celle d'un minable *picciotto*. D'ailleurs ton business avec Gallucio, je le connais déjà.

Les idées encore chancelantes, « Cavolfiore » hésita :

— Ben alors…

— En revanche, cette histoire de frangines slovènes dans leurs caisses dont tu as parlé à ce Franco, commence à m'intéresser.

— Ah, ça !

Le *picciotto* reprit son souffle. Les Slovènes. Ça sentait le roussi. De plus en plus malade, il sentait le piège se resserrer. Cherchant désespérément une explication plausible, il fit mine de s'amuser :

— Ça ! C'est une connerie ! Un putain de *scherzo*… un canular à la con que mon pote et moi on a…

— Cinq secondes, Gino.

Le gros bras se figea.

— *Che cosa ?*

— Plus que quatre secondes, pour commencer à me parler des frangines, Gino.

Ponctuant l'avertissement, un déclic métallique résonna du côté de la silhouette toujours assise dans la pénombre. Un son bref et ténu, que le *picciotto* connaissait bien. Celui qui précède la fin de poussée sur la détente d'un calibre. Juste avant que le percuteur ne frappe l'amorce de la douille, et que la balle ne jaillisse du canon.

Juste avant la mort.

— Et ne cherche pas ton calibre, enchaîna le Fumier. C'est moi qui l'ai. Plus que trois secondes… deux…

— Attends ! Merda ! Je… *putana*… c'est des histoires de putes, je te dis ! On a fait une soirée à la con avec des gages et tout ça…

— Une seconde…

— Merde ! *Aspete !* Attends ! Bon… c'est…

Cette fois, la nausée fut trop forte et Gino « Cavolfiore » se vomit dessus. De la bile, plus des restes d'alcool. Crachant, hoquetant, haletant, larmoyant misérablement, il finit par graillonner lamentablement :

— Je… bon, c'est vraiment une histoire de putes. Des… Slovènes de Ljubljana, qu'on a fait passer la frontière, planquées dans un camion et…

— Dans des caisses ?

— *Si ! Si*… pour mieux les planquer en cas de contrôle et…

— Pourquoi les planquer ? La Slovénie fait partie de l'Union Européenne et de l'espace Schengen, *vero* ? On peut franchir la frontière légalement, non ?

La gorge et l'œsophage en feu, l'esprit en déroute et la trouille au ventre, « Cavolfiore » perdait pied. Il cherchait de nouveau une réponse, quand la voix sinistre questionna encore :

— Parle-moi de cette fille que tu as maintenue dans les vapes jusqu'à cette clinique.

Gino « Cavolfiore » fut pris d'une nouvelle nausée. Encore plus insupportable que la première. Complètement anéanti, il se laissa retomber sur le drap souillé, saisi de vertiges. Il vomit encore un peu, se dit qu'il allait tomber dans les pommes, sentit soudain quelque chose de dur et froid s'enfoncer dans sa nuque, puis à travers un brouillard sonore intense, il perçut la voix sinistre insister :

— Parle-moi de cette fille, Gino. *Presto.*

Après un autre spasme, le *picciotto* haleta faiblement :

— Je… peux pas ! Ils… ils vont me buter !

Implacable, l'Exécuteur renvoya :

— *Si,* Gino. Mais avant, ils te feront souffrir. Beaucoup. *Molto soffrire !*

Ça aussi, Gino « Cavolfiore » le savait. Chez eux, c'était la loi. Alors, comme on se jette dans le vide pour échapper aux flammes, il parla.

De Yacine Adami le Libyen, exfiltré du camp de Crotone sous fausse promesse de passage en France, son transport vers cette clinique en attente de réhabilitation, pour pratiquer contre son gré une ablation d'organes, jusqu'à l'échec de celle-ci. Activité « chirurgicale » qui ne datait pas d'hier, et qui alimentait tout un réseau de trafic d'organes.

Ici ! En Europe !

Tout en essayant de minimiser son rôle, le *picciotto* évoqua ensuite les cas de sœurs Golec. Leur kidnapping à Ljubljana, leur long sommeil artificiel, leur transport dans des caisses à bord d'une fourgonnette, leur passage de la frontière, la prise en charge de l'une d'elles, Vesna, par de faux ambulanciers accompagnés de Franco « La Rabbia » son *capo*, la suite du convoyage de Tanja, sous l'égide de ses kidnappeurs slovènes jusqu'à Trieste. De là, on devait l'embarquer en compagnie de quelques autres filles, sur un porte-container à destination des pays du Golfe. Le tout, organisé et sous l'autorité du même Franco « La Rabbia ». Contrat affligeant, dont l'épilogue devait avoir lieu demain soir, avec l'arrivée à Gênes de Gino et du groupe de filles, déjà vendues sur « catalogue » dans les pays de Golfe.

La hideur, dans toute l'acception du terme.

Gino « Cavolfiore » parla encore. Il raconta l'horreur, chargeant lourdement au passage ce Franco qui donnait les ordres, qui s'était personnellement chargé du transfert de Vesna Golec pour une destination qu'il jura ignorer, tentant encore, malgré l'évidence, de nier ses propres responsabilités. De toute façon, il n'avait pas le choix. L'*Organizzazione* n'admettait ni les échecs, ni les refus d'obéissance.

— On m'a obligé, Bolan ! Faut que tu comprennes ça !

— *Evidentemente, Gino.* Bien sûr, que je comprends.

Un lourd silence suivit. Le Guerrier était sûr que le pourri avait tout dit, ou du moins tout ce qu'il savait. Pour tenter de sauver sa sale peau. Il confisqua son téléphone portable, y vérifia le dernier numéro appelé, le vit s'inscrire à l'écran souligné du prénom Franco, empocha l'appareil et, sur le même ton neutre, il insista pour la forme :

— Tu es sûr de n'avoir rien oublié, Gino ?

— *No ! No ! Niente ! Parola d'ono...*

— Ne parle pas d'honneur, Gino. Tu n'en as pas le droit.

— *Ma... sono...*

La suite fut stoppée par la détonation. Faible et brève. Celle du Snake. Et Gino mourut. Car, contrairement aux tribunaux populaires de la société en marge de laquelle il évoluait, l'Exécuteur n'accordait presque jamais de circonstances atténuantes aux criminels, et encore moins aux ordures de la mafia. Forcé ou non de remplir ses sales contrats, Gino « Cavolfiore » Bossi n'avait qu'à ne pas mettre le doigt dans l'engrenage dès le début. Il était responsable, il avait payé.

Et déjà, l'ombre du Guerrier n'était plus là.

Des caves. Rien que des caves.

Certaines fermées, d'autres ouvertes. Pleines de cartons, dont certains débordants de sacs à main, de pochettes, de T-shirts, de montres et de parfums, d'articles de luxe en tous genres. De toutes marques. Pantelante sur sa jambe blessée, Tanja Golec parcourait le couloir en tremblant, en haletant, en appelant :

— Vesna !

Pas trop fort. Peur d'être entendue. Pourtant, elle avait envie de hurler. Alors, elle pleurait en cognant du poing contre le bois grossier des portes verrouillées. A s'arracher la peau, à se briser les os. Bien sûr, elle avait compris la nature du lieu. Un entrepôt de produits de contrefaçon, et elle le savait, ici comme en Slovénie, ce trafic était tenu par la mafia.

— Vesna !

Mais elle avait beau crier, personne ne lui répondait. Alors, quand, ayant inspecté toutes les caves pleines de cartons qui s'ouvraient, elle parvint au pied de l'escalier en pierres grises tout au bout du couloir, l'évidence la frappa. Vesna n'était pas ici.

— Vesna !

Ce ne fut plus qu'une plainte. Sa gorge en feu refusait le passage de sa voix, et tandis qu'un flot de chagrin muet l'étouffait, elle se mit à gravir l'escalier. Comme un automate, comme on grimpe à l'échafaud. Pourtant, logiquement, elle montait vers la liberté. L'autre salaud était enfermé en bas… peut-être mort, et son copain était absent. C'était le moment. Sa seule chance. Hélas, sans Vesna. Mais elle allait s'enfuir, courir à la police, donner l'alerte, les deux ordures seraient capturées, interrogées, et des recherches seraient aussitôt lancées.

Et Vesna serait sauvée. Comme elle.

En haut de l'escalier, une autre porte. Métallique. Solide, presque neuve. Par bonheur, une clé du trousseau l'ouvrit, et la jeune Slovène déboucha dans une pièce aveugle à la peinture murale verdâtre, comportant évier, toilettes et produits d'entretien divers. Le cœur battant, elle tira une autre porte, longea un bref corridor ouvert sur une pièce mal entretenue. Une sorte de bureau, tout en désordre, avec une vieille télé éteinte, des reliefs de repas et des bouteilles sur une table en stratifié. Le corridor débouchait dans un vaste local, sombre, crasseux, dont la charpente en acier se perdait dans la pénombre. Local aux deux tiers occupés par des empilements de caisses, de cartons, de rouleaux de plastique, de papier d'emballage et de palettes supportant des stocks de bouteilles, de boîtes et de bocaux vides emballés sous film. Des empilements qui grimpaient jusqu'aux poutres en acier où s'accrochaient de rares tubes fluo.

Un entrepôt sans fenêtres. Seuls, quelques vasistas haut placés, barreaudés et aux vitres sales, laissaient entrer un minimum de jour. Tout au bout de l'entrepôt, un large rideau métallique, et une autre porte. Folle d'espoir, Tanja courut vers cette dernière, manœuvra la poignée, en vain. Quant au rideau de fer, également verrouillé, il était de toute façon bien trop lourd. Gémissant de dépit, la jeune Slovène se mit à tourner sur elle-même, cherchant une solution qui n'existait pas. Sauf… les vasistas. Equipés de barreaux, mais également de vitres. En quelques bonds, la judokate se précipita, parvint à grimper au sommet d'une pile de palettes de bocaux, jusqu'à se hisser au niveau d'un des vasistas.

Système d'ouverture condamné !

Fiévreusement, grâce au couteau du salaud, Tanja découpa un pan d'emballage plastique, empoigna un bocal, le précipita contre la vitre qui explosa dans une déflagration dont le son ricocha sous les poutres métalliques. Déjà, elle attrapait les barreaux à pleines mains. Hélas, trop bien scellés. Aucun espoir.

Alors, elle se mit à crier au secours.

En slovène, en italien, et même en anglais. Aussi fort que sa gorge en feu le lui permettait encore. Pourtant, elle cria encore, et encore, jusqu'à ce que plus un seul son ne puisse passer ses lèvres. Alors, toujours accrochée aux barreaux et la bouche ouverte sur son dernier cri muet, elle se mit à pleurer. Silencieusement. Désespérément. Et elle resta là, figée, jusqu'aux premiers coups. Sourds, comme venant des enfers. Des caves. Puis elle entendit les premiers hurlements.

L'ordure, il n'était pas mort !

Des cris qui s'espacèrent, qui marquèrent une pause, qui reprirent et se turent encore. Et soudain, ces frôlements. Insolites. Comme des souffles. Des respirations bizarres… Tanja tourna la tête, baissa les yeux, et à travers ses larmes, elle les vit au pied des palettes. Quatre lueurs roussâtres. Braquées sur elle. Comme des yeux de fauve qui…

Des chiens !

Deux chiens aux robes sombres, aux crocs luisants faiblement dans la pénombre glauque. Deux chiens immobiles, qui la guettaient.

Qui l'attendaient.

Tétanisée, hypnotisée par ces deux taches roussâtres, Tanja Golec sentit un frisson glacé parcourir tout son corps. Le temps d'une pensée idiote, elle se dit qu'avec le couteau… Puis il y eut ce claquement de tôle, tout là-bas au fond du dépôt, ce brusque silence qui suivit son écho, et ce sifflement. Bref et modulé, puis :

— *Pacha ! Zebra ! Al piede !* Au pied !

Une voix sourde, inquiétante, dangereuse.

CHAPITRE XVII

Tapi dans la nuit lourde et noire des feuillus aux relents gras de terre et de gasoil, Mack Bolan avait encore au fond des yeux le décor sinistre visité la nuit d'avant, suite aux aveux, puis à l'exécution de Gino « Cavolfiore ».

La Clinica San Basilio.

Reconvertie en laboratoire vétérinaire occasionnel, bâtisse décrépie des environs de Reggio, où la mafia calabraise faisait prélever les organes de ses victimes pour alimenter son ignoble trafic. Endroit désert, établissement fermé, pas de véhicules dans la cour au ciment dégradé, absence totale de vie.

Lugubre.

A croire que le *picciotto* avait tout inventé. Alors, le Guerrier était entré. Hypersophistiqué, mis au point par la C.I.A. et amélioré par le génial Herman « Gadgets » Schwarz, son sésame avait ouvert les portes, et il n'avait pas eu besoin de maîtriser le moindre gardien de nuit. Bien que toujours desservi par le réseau électrique urbain, l'endroit semblait à l'abandon. Sauf peut-être la salle d'op, où subsistait un minimum de matériel, ainsi que des plaquettes anatomiques d'écorchés en couleur d'animaux accrochées aux murs. Ce qui semblait corroborer les aveux de feu Gino « Cavolfiore ». Dès lors pour le Guerrier, l'évidence s'était imposée. Prendre la route. Destination Trieste.

La Calabrese di Condizionamenti.

Un bâtiment gris au toit de fibrociment, situé assez loin du port, à la lisière nord de la zone industrielle. Un lieu retiré, mal entretenu, jonché de papiers gras, de bouteilles en plastique et autres détritus, auquel on accédait par une voie secondaire peu fréquentée. Le genre d'entreprise plutôt modeste, classique dans cet environnement peu engageant, où l'Exécuteur allait peut-être pouvoir, cette nuit même, accomplir l'épilogue de son blitz.

Si « Cavolfiore » avait dit vrai.

Arrivé dans la soirée après une courte sieste et un parcours marathon de plus de neuf cents kilomètres à bord du Cherokee du garagiste-trafiquant, Bolan avait stationné le 4x4 loin à l'écart derrière un remblai de chantiers, pour observer discrètement sa cible à la jumelle. D'où un premier constat. Bien qu'on soit mardi, la boîte était fermée, et des caméras surveillaient les abords de cette modeste entreprise, secondées par des vigiles. Deux, a priori. Les Slovènes décrits par « Calvolfiore ». Costauds, en civil, talkie-walkie au poing, apparemment armés à en juger par ce qui dépassait de leurs ceintures et qui ressemblait à des crosses. Des gardiens qui patrouillaient à tour de rôle, en compagnie de leurs chiens. Pitbulls ou rottweilers. Massifs, musculeux, babouines retroussées, crocs menaçants, tenus en laisse par de solides chaînes reliées aux poignets de leurs maîtres par des bracelets de force.

Heureusement, renseigné là encore par Gino, le Guerrier avait prévu la parade. Petites gourmandises, à base de viande hachée, mélangée à une bonne dose d'un somnifère trouvé en vente libre. De quoi faire dodo assez vite. Profondément.

En espérant que les toutous aient faim.

L'Exécuteur comptait le savoir bientôt. A moins que l'urgence… Respiration bloquée, tendu, il avait redressé le canon à silencieux du MAC10, prêt à l'action.

Car ils étaient là.

Un des vigiles et son chien. Juste derrière le muret, exactement à son niveau. Si l'animal reniflait sa présence maintenant… Un instant s'écoula, qui sembla au Guerrier durer une éternité, puis les halètements rauques s'éloignèrent enfin. Après un moment, il remonta lentement les yeux jusqu'au bord du muret, observa de nouveau l'environnement à travers les grilles, grâce à l'écran feuille du système I.L. du Smart.

Décor classique de zone d'activités. Un double portail métallique sommé de frises barbelées, un muret d'enceinte à mi-corps, de solides poteaux en acier supportant les grilles également surmontées de barbelés, le tout bordé à l'extérieur et contre le muret par cette haie de lauriers mal taillés aux relents de fioul et de terre polluée. Au-delà, un long bâtiment situé au centre d'un vaste espace au sol de béton éclaté par les passages des poids lourds, où la dernière bruine avait laissé de larges flaques boueuses.

Des caméras, des vigiles, des chiens et tous ces barbelés. Pas facile à investir, la « modeste » société de conditionnement.

Installé au contact une heure plus tôt, le Guerrier demeurait immobile dans l'épaisseur de cette haie. Invisible, non loin du portail, en bordure immédiate de son nouveau théâtre d'opérations. Cette société d'emballages et de conditionnements, où selon « Cavolfiore » une livraison de contrefaçons chinoises devait avoir lieu cette nuit.

Sous le contrôle d'un certain Franco « La Rabbia », son *capo*. Son correspondant téléphonique d'hier matin.

Par chance, les coordonnées de la CdC figuraient dans l'annuaire professionnel de la ville, et l'Exécuteur n'avait pas eu besoin des recherches stallitaires du Spook pour « loger » l'entreprise. Restait à présent à décider le modus operandi de l'action. Soit l'intrusion dans les locaux avant l'arrivée de tous les acteurs, soit les attendre pour un « traitement » de masse, tout en profitant de l'ouverture du portail, et de l'entrée du camion de la livraison en question. Option qui semblait s'imposer, à cause des caméras, des vigiles et de leurs chiens, dont un des binômes patrouillait toujours derrière la grille. Déclencher les hostilités maintenant eût risqué d'alerter le deuxième vigile resté à l'intérieur, et de réduire son blitz à néant. Il raterait alors sa cible principale, Franco « La Rabbia ».

Franco « La Rage », l'ordure qui avait fait prendre en charge une certaine Vesna Golec plongée dans le coma, par Gino « Cavolfiore » et deux autres *picciotti* déguisés en infirmiers, pour la livrer à la Clinica San Basilio.

Trois immondes ordures.

Le sinistre décor de la clinique toujours à la mémoire, le Guerrier observait le bâtiment gris au-delà des grilles, où seule une imposte s'était éclairée dès la tombée du jour. Le local de garde, probablement. Il était presque 22 heures, l'heure à laquelle feu Dino « Cavolfiore » aurait dû arriver avec son propre complément de « livraison » destinée à son boss « La Rabbia ». Or, personne ne s'était encore pointé. Pour « Cavolfiore », c'était logique, pas forcément pour les autres acteurs du rendez-vous. Tassé au pied du muret dans l'épaisseur des lauriers aux lourdes émanations, l'Exécuteur observait, immobile, des questions plein la tête, tous les sens aux aguets. Jusqu'à présent, les chiens n'avaient pas éventé sa présence. Sans doute grâce au gasoil du 4x4, dont il avait enduit sa face et ses mains, et enduit sa combinaison de combat. Mais il ignorait le degré d'odorat de ce type de canins, et la catastrophe pouvait survenir à tout instant…

Le chien !

Sans crier gare, le premier vigile et son chien étaient revenus par ici. Encore plus près ! Le souffle de l'animal résonnait de nouveau, là, juste derrière le muret. Reniflements brefs, rauques, insistants, inquiétants. Cette fois c'était sûr, quelque chose l'avait attiré. La respiration de Bolan ? Son odeur détectée malgré celle du fioul ? A cet instant, un grésillement résonna de l'autre côté des grilles, suivi d'une voix nasillarde, trop lointaine pour que le Guerrier ne comprenne, et à laquelle le vigile répondit :

— *Bene.*

Les choses semblaient enfin bouger. Avec d'infinies précautions, veillant à ne pas bousculer le feuillage, l'Exécuteur se tassa au sol, retint son souffle, s'attendant à chaque seconde à entendre les aboiements furieux déchirer le silence. Situation critique. Si l'attente s'éternisait, ils allaient forcément…

Des moteurs.

Le Guerrier tendit l'oreille. Ce n'était pas lui qui avait attiré le molosse et son maître vers le portail. C'était ce bruit de moteur. Encore si ténu que son ouïe ne le percevait que maintenant. Bien après celle du chien. Un ronflement discret, qui enfla rapidement, accompagné bientôt par des faisceaux de lumière blanche, qui balayèrent la haie de lauriers. Des phares. Quatre. Qui apparurent en contrebas, au virage de la route. Une clarté aveuglante, qui rasa le sol, s'insinua entre les branches basses, effleura la combinaison de combat, et la tête de l'Exécuteur. Le cou dans les épaules, celui-ci serra les dents, main toujours posée sur la carcasse du MAC 10. Prêt à ouvrir le feu.

Pas bon. Prématuré.

Par bonheur, le déferlement blême glissa de côté, permettant à l'Exécuteur de dénombrer les véhicules.

Un 4x4, de couleur foncée, précédant un gros utilitaire caisse, genre CTTE. Marque Iveco. Bolan fronça les sourcils. Ce n'était pas le poids lourd porte container évoqué la veille par Gino comme étant celui livrant des contrefaçons. En tout cas, pas le type de véhicule permettant la manœuvre qu'il avait prévue pour pénétrer discrètement sur le site. Trop bas. Quant à envisager le passage en force, trop d'effectifs ennemis. Autant dire, un suicide. Maintenant, le cortège arrivait au pied du portail d'entrée, et l'Exécuteur cherchait la solution. En vain. Le 4x4 envoya un appel de phares, tandis qu'une voix de rogomme filtrant par une des glaces ouverte lançait en italien :

— *E noi!* C'est nous !

Franco « La Rabbia » et ses sbires ?

Avec précaution, le Guerrier remonta l'objectif du Smart au ras du muret, et grâce à la parfaite intensification lumineuse de l'appareil, put nettement distinguer le type à l'avant droit du 4x4, dans l'ouverture de la vitre de portière. Celui qui avait parlé d'une voix de rogomme semblable à celle évoquée par « Cavolfiore » à propos de ce Franco « La Rabbia ». P.-M. dans un poing, talkie-walkie dans l'autre, le type tourna soudain la tête, comme brusquement alerté, puis se penchant par la glace ouverte, bras armé plongeant à l'extérieur, il tourna sa face de brute vers l'endroit où se terrait l'Exécuteur. Celui-ci le vit ouvrir la bouche, l'entendit crier :

— *Putana!*

Bolan était repéré !

Déjà, l'index du Guerrier s'était crispé sur la détente du MAC 10. Tout allait se jouer au centième de seconde.

Tanja était en train de mourir, de douleur, de peur, de chagrin. Parce que du fond de cet état second proche de l'enfer, elle savait à présent que Vesna n'était pas là. Qu'elle était seule ici, et que sa sœur était seule également, quelque part ailleurs. Perdue. Vesna qui la cherchait aussi, que d'autres bourreaux torturaient peut-être, et dont le corps souffrait autant que le sien. Pour la même raison.

En faire une putain ! Comme elle !

Mais dans les profondeurs de cette cave humide et glacée où les salauds l'avaient de nouveau jetée et rouée de coups, elle sentait sa vie s'éteindre et elle en ressentait une espèce de sombre soulagement. Elle au moins ne serait pas prostituée. Et ces ordures auraient perdu. Son seul regret, ne pas être avec sa sœur. Ne pas mourir dans ses bras.

L'enfer, le vrai, ça devait être ça.

— *Putana* !

A la manière d'un tocsin, les mots sonnaient encore aux oreilles de l'Exécuteur. Assourdissants. Sur la détente du MAC 10, son index avait déjà senti la mini-résistance de la première bossette. Dans un dixième de seconde, son feu allait jaillir. Dans le même temps sur l'écran feuille du Smart, son œil droit captait à présent nettement le mouvement des lèvres du type qui cracha dehors, sur les buissons de lauriers rachitiques. Juste au-dessus de la tête de Bolan. Puis il releva la tête pour s'exclamer de nouveau :

— *Puttana ! Te !* Toi !

Le regard du cracheur ne fixait plus l'endroit où se trouvait Bolan, mais se portait au-delà des grilles. Visiblement hargneux, il hurla :

— *Aprite questo portone di merda !* Ouvre ce portail de merde !

Sur la détente du MAC 10, l'index du Guerrier s'était relâché, mais dans l'ordinateur de guerre de son cerveau, le processus d'observation avait repris son cours, dénombrant et classifiant les effectifs. A l'intérieur du 4x4 de tête et outre le supposé « La Rabbia », trois autres passagers. Plus deux à l'avant de l'utilitaire. A vue de Smart, tous du genre *picciotti*.

Six hommes en tout, plus les vigiles de la boîte, qui étaient au moins deux. Sans compter ceux du camion espéré… si toutefois il débarquait.

Une lueur passa dans le regard de l'Exécuteur. Dans un premier temps et à part l'Iveco, tout semblait coller avec les aveux de « Cavolfiore ». Un instant passa, puis là-bas, au flanc du bâtiment gris, le rideau de fer se souleva en grinçant, laissant filtrer un faible éclairage jaunâtre, dessinant une silhouette en ombre chinoise.

Le deuxième vigile, et son chien tenu en laisse.

Regard au ras du muret et, observant la scène, le Guerrier cherchait toujours la solution de secours. En fait, pas d'autre choix que celui d'attendre l'arrivée de l'hypothétique poids lourd. D'ailleurs, le lourd portail s'ouvrait déjà, permettant l'entrée des deux véhicules dans la cour. Tandis que les vantaux métalliques se refermaient, le 4x4 et l'Iveco se dirigèrent vers le bâtiment, passèrent le rideau de fer qui se referma aussitôt, tandis que le deuxième vigile et son chien restaient dehors pour patrouiller en compagnie des premiers.

Fin de l'épisode.

Pour l'Exécuteur, ne restait plus qu'à attendre le suivant. En espérant que « Cavolfiore » n'ait pas bluffé, et que ce satané poids lourd se pointe effectivement. Faute de quoi, tout serait beaucoup plus compliqué. Franchir les barbelés en dépit des vigiles, des chiens et de l'alerte qui serait immanquablement déclenchée : chance de succès, quasi nulle.

Avec la mort en prime.

CHAPITRE XVIII

Gino « Cavolfiore » avait-il dit vrai ? L'Exécuteur commença enfin à le croire quand un nouveau grondement creva le silence de la nuit : un camion au moteur puissant.

Un instant passa, puis des faisceaux de lumière éclairèrent le décor en deçà du virage de la voie accédant au site, balayant les lieux de leurs lueurs mouvantes. Au bruit, un vrai poids lourd. Puis sur l'écran du Smart, la silhouette du véhicule apparut enfin au tournant, et Bolan sentit un léger picotement lui parcourir la nuque. Un semi-remorque, avec container sur plateau, escorté par un second véhicule.

Un autre 4x4. La couverture.

L'Exécuteur respira mieux. Concernant le poids lourd, « Cavolfiore » n'avait pas bluffé, mais, à cause de sa position en arrière du camion, la présence imprévue de ce 4x4 posait un problème, du moins pour la phase numéro 1 de l'action. Pénétration sur site. Tout allait se jouer sur le fil du rasoir en comptant sur la chance.

Souvent capricieuse, la chance.

Le Guerrier assista au soudain mouvement des vigiles dans la cour. L'un entraînait en hâte son animal vers l'entrée du bâtiment, tandis que l'autre se dirigeait vers le portail. Dans l'ombre des feuillus, Mack Bolan fit la grimace. Malgré le fioul dont il s'était enduit et ignorant si le sol détrempé pouvait altérer le flair de ces bestiaux, il était loin d'être tranquille.

Ça, plus le 4x4…

En quelques reptations délicates dans la terre mouillée, il se porta au plus près du pilastre situé de son côté de l'entrée. Pendant ce temps, alors que le lourd véhicule n'était plus qu'à une vingtaine de mètres, le deuxième vigile et son animal étaient arrivés derrière le portail. Simultanément, le rideau métallique du bâtiment commençait à se relever. L'index du Guerrier avait retrouvé la détente du MAC 10. Si le chien ou son maître détectaient sa présence maintenant, adieu l'effet de surprise, et même adieu à son blitz. Pris entre deux feux, son armement serait léger. Seul, le TACOM aurait pu… mais le char de guerre n° 3 n'existait plus, détruit par l'Exécuteur, lors d'un précédent blitz au Mexique[1], et…

D'un coup, tout alla très vite.

Le camion était déjà là, avec son chargement. Un container à la peinture en acier jaune plus très jeune, à vue de nez de type 1 TEU, marqué YOU1000760. Le tout suivi par le 4x4, lui aussi occupé par quatre hommes. A l'avant du poids lourd deux passagers. Quant

1. *Hécatombe mexicaine*, L'Exécuteur N° 276.

à ce qui se trouvait dans le container, probablement les contrefaçons annoncées. Six hommes, qui allaient gonfler les effectifs ennemis. Douze en tout. Grosse bagarre en perspective. Heureusement, l'Exécuteur s'était doté du « matériel » jugé nécessaire à l'action prévue.

En tout cas, c'était l'instant T avec tous les dangers que cela comportait. A cause de leurs phares, les flingueurs du 4x4 suiveur risquaient de l'apercevoir quand il s'extrairait de la haie, le chien pouvait le dépister à la volée, le vigile le surprendre, et il y avait l'inconnue : le dessous du camion. Là, tout près, à quelques dizaines de centimètres seulement, mais impossible à examiner. Par bonheur, le 4x4 s'était légèrement décalé sur le flanc gauche du camion. Elément positif pour Bolan, positionné du côté opposé. Remisant le MAC 10 dans les passants spéciaux de la combinaison de combat, il décrocha ses gants de campagne antidérapants de leur mousqueton, les enfila et se tint prêt, guettant l'instant propice.

Emergeant du fourré au ras du sol, en deux reptations et prenant soin de protéger l'arsenal fixé à sa combinaison, l'Exécuteur franchit l'étroit espace, sentant déjà dans ses reins les impacts des balles qui allaient le tuer. Dans la demi-seconde suivante, il se retrouva sous le poids lourd, presque surpris d'être encore intact. Et, déjà, son œil droit fouillait l'écran feuille du Smart, cherchant l'endroit du châssis pouvant servir d'accroche. Ce fut comme un coup de flash. L'éblouissement. Dans sa hâte, il n'avait pas tenu compte de la lumière vive des phares du 4x4. Au ras du sol, blême, aussi forte que celle d'un projecteur, à cause de l'intensificateur du Smart. Aveuglé, fermant précipitamment l'œil droit, le Guerrier lança ses bras vers le haut, ses mains empoignèrent ce qui semblait être une barre d'essieu, glissèrent sur du gras, et se refermèrent sur le vide. Il relança ses bras, scs doigts crochèrent de nouveau la barre, serrèrent de toute leur force et il se souleva, cherchant un appui pour ses pieds. Au même instant, des grincements mécaniques résonnèrent tout près de sa tête. Inquiétants. Encore ébloui, il distingua le dessous du poids lourd… qui avançait.

Le camion redémarrait !

De nouveau, la barre d'essieu chargée de gras échappa à sa prise, et il retomba sur le sol détrempé. Comme dans un cauchemar, il vit cette fois nettement le dessous du camion défiler au-dessus de lui.

C'était fini. Echec et mat.

Le silence.

Depuis l'arrêt des moteurs, un silence pesant régnait dans le grand local à peine éclairé par les lanternes du 4x4. Sur le siège passager avant, Franco « La Rabbia » Maniga ne pouvait s'empêcher de regarder la montre du tableau de bord.

22 heures passées.

Et Gino n'arrivait pas. Or le camion n'allait plus tarder, et pour cause d'enregistrement à la capitainerie du port, le transfert devrait s'opérer dans la foulée. Tout avait été calculé pour un embarquement immédiat, sous le contrôle des agents des douanes chargés des plombs du container. Des agents que l'*Organizzazione* rétribuait grassement, mais dont le service prenait fin à 23 heures, laissant place à la relève d'autres fonctionnaires, qui n'étaient pas de la Famille. De plus, l'Iveco n'était pas équipé pour stocker sa « cargaison » trop longtemps. En fait, toute l'opération devait respecter le timing prévu, et ce stronzo de « Cavolfiore » le savait. Bouillant d'impatience, Franco « La Rabbia » consultait le talkie-walkie posé sur ses genoux lorsque celui-ci grésilla, accompagné d'une voix :

— *Il cubo arriva.*

Le cube. Le container. Et cet imbecille de « Cavolfiore » qui… D'un geste nerveux, « La Rabbia » activa son portable, composa le numéro de celui du *picciotto*, faillit avaler sa langue de rage. Messagerie. Franco « La Rabbia » avait envie de cogner. Il avait dit à ce con de ne plus appeler jusqu'à leur jonction, pas d'éteindre son portable !

— *Fanculo di merda !*

Franco « La Rage » portait bien son surnom. La moindre contrariété le mettait dans un état de nerfs extrême.

— Oh, Franco ! cria quelqu'un du côté du rideau de fer. *Il camion !*

Excédé, le chef de groupe renvoya de sa voix de rogomme :

— *Allora !* Qu'est-ce que t'attends pour lever ce putain

de rideau ! Et vous, ordonna-t-il aux « infirmiers » de l'Iveco, allez chercher la Slovène au sous-sol. *Presto !*

Puis sautant hors du 4x4, et songeant toujours à « Cavolfiore », il jura de nouveau :

— *Fanculo !*

Déjà, il songeait à ce qu'il allait faire à cet abruti. En fait, à ce qui l'attendait ici de toute façon. Sa minable combine des papiers libyens, il devait la payer. Aux sorties d'égouts des ports, les crabes appréciaient beaucoup la chair des cadavres. L'*Organizzazione* détestait les petits malins qui jouaient perso, et pour eux la note était toujours salée.

Du plomb dans la nuque, une gueuse de fonte aux pieds.

Dernière prise, désespérée. Telles des tenailles, les mains de l'Exécuteur serraient l'acier à l'écraser, et ses semelles venaient de prendre appui sous le châssis du camion. Tandis que celui-ci passait le portail, le Guerrier épiait du coin de l'œil les vigiles et leurs chiens. Ils étaient revenus aux abords du bâtiment, non loin de la porte qu'ils avaient empruntée chacun son tour lors de leurs prises de quart. Sur la gauche de Bolan. Avec un peu de chance, il parviendrait peut-être à les empêcher de donner l'alerte. Serrant toujours ses prises à les broyer, il sentait sous lui peser le sac à dos contenant le gros de son arsenal. Un sac qui n'était qu'à quelques centimètres du sol, et le moindre cahot risquait de le faire s'accrocher. Heureusement, la traversée de la cour et la manœuvre de présentation en marche arrière devant le rideau métallique fut assez brève, et à l'instant où le véhicule marquait un arrêt devant l'accès au dépôt, il jeta un dernier regard de côté, prêt à l'action. Dès que le poids lourd se remettrait en branle…

Maintenant ! L'Exécuteur lâcha prise, se laissa tomber, se reçut au sol, se jeta de côté entre les gros trains de pneus, se retrouva allongé au pied d'un mur du bâtiment, toujours dissimulé par le camion. Dans la foulée, il arracha le Beretta 92 à réducteur de son des passants en velcro de sa combinaison de combat, et brandit l'arme à deux mains, canon pointé entre le sol et le bas de caisse du poids lourd. Exactement sur sa première cible. Le vigile le plus près de la porte d'accès au dépôt. Déjà, son index avait enfoncé la détente de l'arme. Deux fois. Puis encore deux fois, en visant l'autre vigile. Là-bas, les deux silhouettes semblèrent bousculées par des forces invisibles, avant de s'affaler à terre quasiment en même temps. Tandis que le camion disparaissait dans l'ouverture du rideau de fer, l'un d'eux fut brièvement secoué de violents spasmes, sous les regards conjugués des deux chiens qui n'y comprenaient rien.

A ce stade, avec les chaînes qui les reliaient aux poignets de feu leurs maîtres, les bêtes ne représentaient plus de véritable danger, mais ils pouvaient se mettre à aboyer. Profitant d'un répit qui n'allait pas durer longtemps, le Guerrier avait déjà extrait ses petites gourmandises de la combinaison de combat, puis de leur film de protection. Et alors que le rideau métallique achevait de se refermer derrière le camion, il balança les boulettes vers les animaux. Sur l'écran feuille du Smart, il les vit rouler sur le ciment humide puis s'immobiliser en tourbillonnant sur elles-mêmes, craignit un instant les avoir mal lancées, notamment en voyant l'hésitation des chiens. Enfin, celui situé le plus près des boulettes se mit à tirer sur sa chaîne, humant avec précaution la boule de viande, hésita encore, consulta son maître d'un regard incertain, bientôt rejoint par son compère, qui renifla à son tour le bœuf haché, avant de se jeter dessus aussitôt imité par son copain.

Dans le regard de l'Exécuteur, une lueur glacée s'installa.

Une embrouille. Franco « La Rabbia » venait d'en prendre conscience, cette fois c'était sûr, Gino « Cavolfiore » avait un problème. Déjà dans la mouise avec cette histoire de papiers libyens, le *picciotto* n'aurait pas pris le risque d'aggraver sa situation en foirant le rencard de Trieste. Il y avait autre chose. Pendant ce temps, les deux « infirmiers » réapparaissaient, remontant du sous-sol avec la jeune Slovène. Affaiblie par sa détention, ne tenant plus sur ses jambes, shootée à mort par leurs calmants. GHB à haute dose. La fameuse drogue du violeur. Un zombie. Un légume, qui dans quelques jours n'aurait aucun souvenir de sa traversée. La portant presque, les « infirmiers » la couchèrent à même le béton du sol, avec les quatre adolescentes

Nigériennes qu'on venait d'extraire de l'Iveco. Des réfugiées clandestines, récoltées à Lampedusa, destinées à l'esclavage domestique et sexuel dans les pays du Golfe. Des corps couchés pêle-mêle à terre, gémissant vaguement dans leur sommeil artificiel. Idem pour les deux Ghanéennes normalement prises en charge par Gino « Cavolfiore » et ses propres « infirmiers ». Pour sa part, la blonde et belle frangine Slovène était déjà vendue. Cher. A un proxénète Qatari, spécialisé dans la pute de standing destinée aux riches businessmen et aux notables des pays du Golfe. Logiquement, tout ce petit monde aurait dû transiter par le port calabrais de Gioia Tauro pour éviter ces longs périples. Une zone quasiment sous la coupe n'dranghettiste, où tous les trafics étaient possibles. Mais depuis quelque temps, les autorités centrales y effectuaient trop de contrôles, justement à cause de l'immigration massive dans la région. Le port de Trieste était désormais plus sûr, la n'dranghetta y avait également ses succursales.

Comme partout en Italie et dans quelques autres pays…

Tandis que « La Rabbia » rappelait le portable de « Cavolfiore », le rideau de fer s'était de nouveau relevé, livrant passage au poids lourd annoncé. Un Trailor plus très neuf, chargé d'un container jaune passablement fatigué, aux angles rouillés, qui pénétra dans le dépôt à reculons. Mais « La Rabbia » le savait, tout un dispositif de chicanes astucieusement dissimulées dans la double cloison du caisson d'acier permettait un relatif renouvellement de l'air à l'intérieur. Indispensable. Une fois morte, la chair de pute ne valait plus rien.

Messagerie !

Le pourri faillit exploser son portable contre la paroi du container, se retint et aboya à l'adresse de ses hommes :

— *Andiamo !* Chargez la marchandise !

Le passager du Trailor avait déjà sauté à terre pour ouvrir les panneaux arrière du container. Tandis que son chauffeur demeurait au volant prêt à redémarrer, porte-flingues et « infirmiers » en sortirent des dizaines de gros cartons qu'une chaîne humaine descendit au sous-sol. Le container vidé, ils empoignèrent les corps inanimés, les montèrent à l'intérieur du cube, dont le fond comportait l'aménagement minimum de survie en eau et nourriture basique, plus quelques matelas, un sanitaire chimique, et un bricolage de ventilation électrique, commandé de la cabine de camion. De quoi tenir pendant la traversée, au cours de laquelle la relève serait assurée par les hommes de main des clients Qataris, qui remettraient les plombs de douane posés à Trieste, en vue des contrôles locaux. Une organisation bien rodée, que cet abruti de « Cavolfiore » était en train de…

Téléphone !

Franco « La Rabbia » faillit sursauter en sentant l'appareil vibrer dans son poing. Aussitôt soulagé par les initiales qui s'affichèrent à l'écran.

CF.

Le portable de « Cavolfiore » ! Il décrocha, hurla dans le combiné :

— *Cazzo stronzo !* Qu'est-ce que tu branles ? Où t'es, *fanculo* !

Il y eut un silence dans l'écouteur, puis :

— Je suis là, *fanculo* toi-même.

Une voix dure, glacée, qui ne ressemblait pas du tout à celle de Gino.

CHAPITRE XIX

La phrase résonnait étrangement à l'oreille de Franco « La Rabbia ». Comme dédoublée. Une sorte d'écho, qui roulait à la fois dans le téléphone, et tout autour de lui. Y compris de quelque part, sous les poutrelles en acier rouillé de l'immense local. Toujours comme sortant du téléphone et de partout à la fois, la voix reprit :

— La grossièreté, c'est laid, Franco !

Incrédule, le mafieux essayait de faire le distinguo entre le téléphone et l'espace autour de lui et…

— Vraiment pas beau, Franco.

Soulignant la voix dure du téléphone, quelque chose atterrit aux pieds du *sgarrista*, tournoyant sur le béton avec un petit son cristallin.

Genre pièce de monnaie. Dorée.

Durant une seconde, le pourri sembla hypnotisé par l'objet qui tournoyait entre ses pieds en tintinnabulant, puis, en même temps que ses sbires, il donna l'impression d'être secoué par un puissant courant électrique. Simultanément, toutes les armes étaient apparues dans les poings des *picciotti* comme par magie, pointant bêtement en direction d'où était venue la pièce dorée. Direction supposée. Imprécise. Dans les regards des flingueurs, des feux s'étaient allumés, mêlés de lueurs incrédules. Pas la moindre cible en vue. Et au sol, la « chose » dorée continuait de tourner sur elle-même avec son petit son comique. Puis soudain :

— *Sono qui!* Je suis là !

La même voix. Mais plus dans le téléphone. Une voix cette fois entendue par tous, qui résonna sous les structures métalliques de l'immense local. Un deuxième « coup de jus » bouscula l'assistance. Incompréhension, notion de danger non identifié. Puis, brusquement, l'ombre apparut. Haute silhouette vêtue de noir, portant holsters et ceinture de combat. Chargeurs, grenades, et un étrange appareil à hauteur de son front, au-dessus de l'œil droit.

Un soldat sorti de nulle part, planté au sommet d'une pile de palettes de bocaux. Un soldat bardé d'armes. Silhouette de guerrier, presque irréelle, comme issue du néant, portant une sorte de serre-tête équipé d'un étrange instrument, et un P.-M. dans chaque poing. Deux canons qui crachèrent subitement.

Des hurlements, des rafales suivirent, tandis que trois des *picciotti* s'écroulaient aux pieds de leurs copains et que la silhouette noire disparaissait. Se jetant à l'abri d'un des 4x4, Franco « La Rabbia » hurla, sa pogne serrant le portable à l'écraser :

— *Sparare! Sparare!* Butez-le !

Puis plongeant sur un des cadavres, le mafieux arracha

le MAC 10 de son poing crispé par la mort, il se mit à lâcher de courtes rafales en l'air pour se remettre à l'abri, tout en hurlant encore :

— *Putana ! E che, questo frocio !* C'est qui ce pédé ?

Un brusque silence suivit, presque douloureux pour les oreilles. Tous les regards cherchaient. En vain. Puis de nouveau, la voix :

— *Non sono frocio, Franco « La Rabbia » Maniga.* Pas pédé. Ni *fanculo.* Mon nom, c'est Mack Bolan.

Une autre sorte de courant circula dans l'atmosphère déjà hyper tendue et chargée d'odeurs de cordite. Encore plus électrique. A cause du silence, de l'absence de cible… et surtout, à cause du nom.

Bolan ! Bolan le Fumier !

Un nom qui roulait encore en écho sous les poutrelles en acier, et entre les piles de palettes, faisant résonner les stocks de bocaux empilés, déroutant le sens de l'ouïe, déstabilisant les esprits des n'dranghetti. Quelque part autour d'eux, un danger mortel guettait. Tous en étaient conscients, tous connaissaient ce nom qui résonnait encore à leurs tympans. A cet instant, un flot de haine balaya l'affolement qui avait précipité « La Rabbia » à terre. Une haine bouillante. Irrépressible.

Le Fumier était là ! A portée de flingue !

— Hé ! Bolan !

L'appel du *sgarrista* rompit si soudainement le silence que ses hommes sursautèrent. Plus ou moins réfugiés derrière les véhicules et le nez en l'air vers les structures du toit, tous guettaient, cherchaient la silhouette noire aperçue plus tôt.

Se payer la peau du Fumier. Inéluctable. La grande Salope n'avait aucune chance. Passé l'effet de surprise et les deux morts dans leurs rangs, ils avaient encore l'avantage du nombre, et de la puissance de feu. D'ailleurs, deux des porte-flingues avaient déjà ouvert les coffres de leurs 4x4, et « La Rabbia » savait ce qu'ils en extrayaient. L'armement lourd. Et puis, ses *picciotti* n'étaient pas des ignares. Trois d'entre eux avaient déjà compris la situation. Ils avaient disparu. Les meilleurs. Volatilisés. Et « La Rabbia » savait pourquoi. De vraies graines de commandos. Désormais, le Fumier était à leur merci. Pour une raison inexpliquée, ce connard avait trop attendu. Trop joué au chat et à la souris avec eux. Un *stronzo* de cabot qui se croyait invincible. *Lo stolto !* L'imbécile ! Sitôt localisé, il serait transformé en charpie.

Virtuellement, il était déjà mort.

Le calme avant la tempête.

Mack Bolan connaissait cette période de fausse paix qui précédait les blitz les plus dévastateurs. D'autant que ce « calme »-là, il l'avait lui-même programmé. Parce qu'il ne pouvait « traiter » tous les pourris à la fois, sans mettre leur « cargaison » de filles en danger. Alors, se félicitant d'avoir au moins épargné celles que feu « Cavolfiore » lui avait avoué être censé escorter jusqu'ici, il prenait à présent le temps de jauger les troupes adverses. Ensuite seulement, il appliquerait son plan. Simplissime. Pour les débusquer, il avait son joker. L'obscurité.

Et le Smart.

Dès lors, son premier objectif était tout désigné. Les feux des véhicules ennemis. Du moins, ceux des 4x4. Pour le camion au mufle tourné vers le rideau métallique, c'était plus difficile. Maintenant, invisible entre les piles de cartons, de palettes de bocaux et de boîtes d'emballage, et au ras des structures métalliques du bâtiment, il pointait les canons de ses deux MAC 10 en direction des 4x4, mais en bas, tout le monde avait disparu. Alors, il attendait. Qu'un ou deux pourris pointent le bout de leur nez, pour faire d'une pierre deux... ou plusieurs coups. Il guettait les sons, il humait l'air ambiant, déjà chargé des odeurs de la mort. Le sang et la cordite. Dehors, les chiens s'étaient mis à japper. Faiblement. De plus en plus bas. Les échos du combat les avaient excités, mais les boulettes commençaient à faire leur effet. En bas, à part les deux cadavres étalés sur le béton crasseux et sous l'unique éclairage des codes des véhicules, rien ne bougeait, et le temps s'écoulait, usant pour les nerfs. Pas pour ceux de l'Exécuteur. Il avait l'habitude. Mais à la qualité du silence maintenant installé, il pouvait reconnaître les premiers effets d'une tension nouvelle. Comme un épaississement de l'air. Sons divers, légers cliquetis, soupirs contenus. Le point de rupture semblait approcher, une action se précisait ; pourtant, rien ne bougeait encore. Presque rien. Hormis cette sorte de glissement. Ténu. Presque inaudible pour le non-initié. Parfaitement identifiable par l'ouïe du Guerrier solitaire.

Une présence. Ici. Sur les hauteurs, au sommet des palettes. A son niveau. Tout près.

Mais, bizarrement, impossible d'évaluer la direction. Comme si le son ténu se diluait dans l'espace. Seule certitude, quelqu'un se hissait vers le haut. Vers lui. Ils l'avaient localisé, et…

L'ombre !

Une silhouette. Armée d'un P.-M. Là. Sur la droite. Aussitôt disparue. Diluée dans l'espace. Comme n'ayant jamais existé. Le temps d'un réflexe, l'Exécuteur avait redressé les canons de ses deux MAC 10. Au même instant, il y eut comme un souffle sur sa droite. Dehors, les chiens n'aboyaient plus…

Et ce fut l'enfer.

Un staccato nerveux. Rafale. Des éclairs aveuglants, des chocs partout. D'instinct, les index du Guerrier avaient en même temps enfoncé les détentes des MAC 10. Le temps d'un ultime éclair blême, il entrevit de nouveau la silhouette sursautant sous les impacts, puis basculer en arrière. A la même seconde, un grondement assourdissant s'éleva par-dessus le concert des armes, suivi d'un énorme boucan. Une sorte d'explosion qui résonna à la manière d'un gigantesque coup de gong. Du coin de l'œil, il vit en contrebas la masse jaune du container plonger dans le cadre du rideau de fer qui venait de s'éjecter à l'extérieur sous l'énorme poussée. Le poids lourd s'enfuyait.

Avec les filles à bord ! Pour le port ! L'embarquement !

La jeune blonde apparemment shootée qu'on avait remontée du sous-sol était-elle bien Tanja Golec ? Mais coupant les réflexions du Guerrier, un nouveau feu d'enfer se concentrait sur lui. Sous les myriades d'impacts, l'énorme pack de bocaux explosa littéralement sous ses pieds, dévastant l'emballage plastique de la palette, et dans un vacarme d'enfer de rafales et de verre explosé, tout se déroba brusquement sous lui.

Et le vide l'aspira.

CHAPITRE XX

Tanja Golec étouffait. Elle se sentait ballottée, malmenée, et, bien que quasi inconsciente, elle se sentait en danger. Tout au fond de sa mémoire, et dans les profondeurs de sa chair, elle gardait quelques souvenirs flous. Imprécis, mais douloureux. Sortes de cauchemars cotonneux peuplés de sons divers et de voix lointaines, dans lesquels elle étranglait avec ses cuisses des hommes qui la violaient quand même une fois morts. Des morts qui la poursuivaient ensuite avec leurs chiens, dans les méandres d'un labyrinthe aux murailles de verre. Un cauchemar au sein duquel son corps tentait de s'échapper en restant immobile, tandis qu'au-dessus d'elle et à travers un grondement sourd, des voix redoutables déjà entendues dans un passé récent et filandreux discutaient de son cas :

« … te dis qu'elle est pas complètement…

— … inquiète pas… arranger ça… »

Des bribes de phrases en italien, dont une, chargée d'un accent bizarre. Genre arabe. Elle ne comprit pas tout, car un de ses bras venait d'être pris en étau. Sans doute par un de ses poursuivants. L'Italien ou l'Arabe. Ou un des chiens… qui lui plantait ses crocs dans la chair. Des crocs si pointus que cela ressembla à une piqûre, suivie d'une brûlure intense. Qu'elle connaissait déjà. Et de nouveau une des deux voix. L'italienne :

« … là… t'auras pas… problème… Va roupiller des heures… »

Puis, subitement, un grand vacarme se produisit qui fit peur à Tanja. D'un coup, elle se sentit très mal, se dit qu'elle était en train de mourir, et son chagrin fut emporté avec elle dans les ténèbres du néant.

Jamais elle ne reverrait Vesna.

CHAPITRE XXI

Une chute brutale.

L'onde de choc fut si violente que l'Exécuteur entendit nettement son corps craquer à l'impact. Une douleur fulgurante lui cisailla le flanc. Des cris, des cavalcades résonnèrent en contrebas.

Il se rendit compte alors qu'il n'était pas tombé au sol, mais sur l'espèce de terrasse formée par un lot moins élevé d'autres palettes, aux contenus encore enveloppés de leurs protections plastiques. Son regard descendit, et dans la faible lumière diffuse des feux des 4x4 à présent masqués par les premiers rangs de marchandises, il découvrit deux silhouettes inanimées. Recroquevillées en chien de fusil au pied des palettes, gisant dans le verre pilé et les débris divers. Ses victimes à lui. Au même moment, il entendit un son métallique au-dessus de lui, leva les yeux, aperçut un troisième flingueur, qui se penchait vers lui, en train d'engager un nouveau chargeur dans son P.-M. Un imprudent. Un des MAC 10 de l'Exécuteur cracha. Rafale courte. Sélective. Efficace. Là-haut, le pourri parut secoué par la danse de Saint-Guy, il agita frénétiquement les bras, lâcha son chargeur encore non engagé, agitant son arme dans tous les sens, avant de s'écrouler au bord de sa palette, pour rebondir aux pieds du Guerrier, poitrail éclaté, son sang inondant le tapis d'éclats de verre. Pendant ce temps, des cris, des appels résonnaient du côté des mafieux. Puis, subitement, un nouveau grondement de moteur.

Les 4x4 !

N'ayant plus en tête que le container qui emportait ses victimes, une colère glacée le saisit. En trois bonds, l'Exécuteur escalada un jeu de palettes, pour surprendre la scène. Un des 4x4 était en train de manœuvrer, nouveau candidat à l'échappée belle. Dans un de ses poings, le MAC 10 de Bolan envoya une nouvelle rafale. Très brève. Trop. Chargeur vide. Le deuxième P.-M, idem. Lâchant ce dernier, sa main fila vers la ceinture de sa combinaison de combat, empoigna deux des quatre grenades F-1 russes à fragmentation achetées au *signore* Nanni, les libéra de leurs mousquetons, en arracha les goupilles, compta trois, balança les « poires », s'aplatit en retrait du sommet de son lot d'emballages en se bouchant les oreilles. Très loin, il entendit hurler :

— *Attenzio...*

Une voix de rogomme qui fut balayée par une déflagration, puis une deuxième tout aussitôt qui secouèrent tout le bâtiment, arrachant des tas de débris un peu partout, faisant éclater des stocks de verre dans un vacarme épouvantable. Mais déjà, le Guerrier avait permuté ses chargeurs, s'était redressé, avait rouvert les yeux. Pour ne voir que du noir.

En bas, plus un seul phare de voiture allumé.

Et pour uniques sons, seulement des gémissements. Plaintes sourdes, étouffées, comme pour ne pas attirer son attention. Abaissant alors le Smart devant son œil droit, il put embrasser l'ensemble du théâtre d'opérations, et son regard luisit brièvement. Sur le béton de l'entrepôt, entre les 4x4 criblés d'éclats et aux roues crevées, rien que des corps répandus dans un nuage de poussière et de fumée à l'odeur d'essence. Formes recroquevillées au milieu des débris, atteints de multiples blessures vomissant un sang qui se répandait au milieu d'une large tache allant s'agrandissant autour des véhicules. A l'odeur, il s'agissait d'essence.

Des morts, et des blessés, agités de soubresauts, dont deux essayaient de ramper à l'abri, notamment un colosse ne cessait de cracher dans un leitmotiv haletant :

— *Fanculo ! Fanculo di merda !*

Franco « La Rabbia » n'était pas mort.

Pissant le sang, rampant en traînant sur le sol souillé des jambes visiblement hachées par les éclats des F-1, essayant de se hisser à l'intérieur d'un 4x4, par la portière du côté conducteur qui semblait lui résister, faussée par les effets des grenades. Alors que le colosse parvenait enfin à ouvrir sa portière, un « plouf » résonna dans l'air vicié, et une flamme s'échappa de sous le châssis de l'autre 4x4, tout près du deuxième blessé. Mais alors que ce dernier tentait de se redresser, il y eut une explosion sourde, qui souleva le capot du véhicule dans un embrasement violent, tandis qu'une langue de feu bleutée surgie de sous le véhicule commençait à serpenter entre les débris répandus au sol. A tout instant, l'enfer pouvait se déclencher. Et avec les voitures, tout pouvait sauter.

Une silhouette jusqu'alors dissimulée dans l'ombre se profila dans la lumière du début d'incendie, se redressant sur un genou pour pointer un P.-M. sur Bolan. Un instant ébloui par la brusque luminosité du feu renvoyée par le système I.L., ce dernier faillit se laisser surprendre. Quand il sauta en contrebas, la rafale le frôla de si près qu'il entendit nettement le vrombissement des ogives mortelles frôler sa tête. Bondissant de piles en palettes, il se reçut au sol, et alors qu'il contournait les empilements des stocks de bocaux sous film, il entendit une portière claquer, puis un autre « plouf », suivi de craquements, vit le décor s'éclairer de rouge et de jaune, entendit un hurlement. Et la scène lui sauta aux yeux. Atroce.

Au pied du deuxième 4x4, le blessé s'agitait frénétiquement, essayant d'échapper aux flammes. En vain. Tout brûlait autour de lui. Lui, le véhicule, et le sol gorgé d'essence. Un incendie rageur, qui léchait déjà les pneus éclatés du 4x4 où « La Rabbia » avait réussi à s'enfermer, et qui tentait de lancer le moteur. Sans succès. Dans le même temps, le *picciotto* qui avait rafalé Bolan l'instant d'avant tentait de se réfugier loin derrière l'autre 4x4, et levait de nouveau son P.-M. Trop tard. La mini-rafale du Guerrier lui fit sauter tout le côté droit du crâne, tout en criblant l'angle arrière du véhicule. Valdinguant cul par-dessus tête, le rafaleur s'écroula dans un geyser de sang et de matière cérébrale, une de ses épaules échouant dans la rivière de feu qui s'étendait de plus en plus, qui gagnait le dessous du 4x4 où « La Rabbia » s'évertuait toujours à essayer de lancer le moteur. Il était si absorbé par l'instinct de fuite qu'il n'avait pas vu le feu arriver. En revanche, il venait d'apercevoir Bolan, et brandit son arme dans le cadre de sa vitre explosée. Posément, le Guerrier visa le bras armé, le déchiqueta d'une brève rafale. Le P.-M. du mafieux vola en l'air, et sous le choc des impacts, « La Rabbia » ouvrit une bouche démesurée, d'où aucun son ne sortit. Du moins, l'Exécuteur n'entendit rien. Sauf l'explosion. Le réservoir du 4x4 en feu. Déflagration violente, qui fit trembler les murs et les structures métalliques du bâtiment, qui bouscula Bolan de son souffle brûlant. Explosion qui redoubla les hurlements de Franco « La Rabbia ». Son avant-bras déchiqueté crachait le sang à gros bouillons, et de son autre main, il essayait d'ouvrir la portière. Paniqué. Car alimenté par l'essence du 4x4 voisin qui avait giclé partout, le feu léchait à présent la caisse de son véhicule. Là aussi, à tout instant, l'enfer pouvait se déchaîner, et le pourri l'avait compris. Unique salut pour lui, démarrer ou évacuer le 4x4. Or, le moteur refusait de partir, et endommagée par les grenades, la portière semblait bloquée. Et, bizarrement, le n'dranghettiste ne songeait pas à la portière de droite. Cerveau gelé par la trouille.

Celui de l'Exécuteur fonctionnait parfaitement.

En trois bonds, il fut sur le 4x4, posa le canon de son MAC 10 sur la portière du passager à hauteur de sa serrure, plongea son regard dans celui affolé de « La Rabbia » en menaçant :

— Je flingue les serrures, et tu grilles vivant.

— *No! No! Io...* je... sors-moi de là, Bolan ! Mes jambes ! *Putana!* Je... je ferai... je dirai ce que tu veux ! Tout ce que...

— Inutile, renvoya l'Exécuteur, implacable. Avant que je le tue, ton copain « Cavolfiore » s'est mis à table.

Pour tenter de sauver sa sale peau, le *picciotto* candidat maquereau avait beaucoup parlé. Le cancer des reins de Yacine Adami, le rapt des jumelles Golec à Ljubljana. Le passage de frontière en fraude, la mort et le prélèvement des organes de Vesna Golec pour les greffer sur un certain Jacob Pastry, dont les reins étaient détruits, qui ne survivait que grâce à des dialyses répétées, mais dont le groupe sanguin et le rhésus O + ADN HLA très rares n'autorisaient que des transplantations ou des transfusions de donneurs de mêmes caractéristiques.

Jacob Pastry, le frère du boss de Reggio de Calabre.

Ou plutôt demi-frère, par sa mère, veuve d'un négociant maltais, et par Donato « Dandy » Castaldo, fameux *capo crimine* d'une autre époque. Un demi-frère longtemps caché, coincé à Malte pour cause d'avis de recherches italien, de son état armateur catalogué mafieux par les autorités, non seulement italiennes, mais également de nombreux pays européens, propriétaire en sous-main de la *Maltese United Shipping*, et opérant pour la n'dranghetta. Sa spécialité, tous les trafics illicites, notamment celui de la traite humaine. Confidences de Cavolfiore, fondées sur des rumeurs circulant au sein de l'*Organizzazione* calabraise, et que les recoupements opérés dans les dossiers informatiques du F.B.I., de la D.E.A. et d'Interpol, avaient confirmés. Des infos répercutées au Guerrier la veille au soir, via Hal Brognola. En fait, le minable exécutant qu'était « La Rabbia » ne pouvait guère en révéler davantage, ni permettre à quiconque de remonter jusqu'à son boss de région. Sans doute la plus secrète des trois mafias majeures d'Italie, la n'dranghetta était trop cloisonnée. Trop confidentielle. Composée de clans familiaux très étanches, où l'omerta régnait en maîtresse absolue. Croyant acheter sa peau, Gino « Cavolfiore » avait tout « vendu », y compris son boss, tous les détails de l'embarquement, et même le nom du navire porte containers frété pour la circonstance :

Le *Jumbo Valetta*.

Un bateau battant pavillon maltais, appartenant selon infos internet à la Maltese United Shipping.

La boucle était bouclée.

Seule info à tirer de « La Rabbia » en la circonstance : la jeune fille blonde en triste état, remontée plus tôt du sous-sol était-elle bien Tanja Golec ?

Bolan posa la question, et de plus en plus affolé par les flammes, supplicié par la douleur, le mafieux répondit dans un cri :

— *Si ! Sicuro si !*

Alors, l'Exécuteur ne tira pas dans la serrure de la portière. D'une ultime rafale, il fit sauter le crâne de l'ordure, et quitta le dépôt en flammes pour disparaître dans la nuit. Son seul objectif désormais, le port de Trieste.

Vite. Très vite.

La course contre la montre. Course dans la nuit, reprendre le Cherokee, rouler à tombeau ouvert pour essayer de combler le retard, rattraper le Trailor avant qu'il n'atteigne l'accès contrôlé de la zone fret du complexe portuaire de Trieste…

Trop tard !

L'Exécuteur avait bien rattrapé le poids lourd, mais une minute trop tard. Pour le voir de loin achever son parcours sur la Via della Rampa, pour franchir les larges portiques d'enregistrement. A cette heure, le trafic était fluide, et, la mort dans l'âme, le Guerrier ne put que voir le container jaune disparaître au loin dans les boucles des voies d'accès aux gigantesques quais où s'empilaient d'autres containers par centaines. Dans les bassins éclairés a giorno et où les dockers s'activaient autour des dizaines de grues et d'élévateurs, d'énormes containers ships étaient en voie de chargement. Un univers bruyant et grondant qui ne dormait jamais, où les dockers ressemblaient à des lilliputiens, mais surtout, une zone dont l'entrée nécessitait un justificatif que l'Exécuteur n'avait pas. Et bien sûr, inutile de songer à une entrée en force. Comme pour la plupart des zones de ce type, la police n'était jamais loin. Alors, stationné dans la courbe inférieure de la Via della Rampa en direction de la zone des radoubs, Mack Bolan avait activé le Spook posé sur ses genoux, pour y afficher la vue de l'ensemble du complexe… En live. Merveille de technologie, qui lui avait permis à l'issue d'une courte recherche, et grâce à la HD du zoom satellite, de « fixer » la fin de parcours du Trailor et de son container jaune.

Zone réservée.

Autant dire pour le Guerrier, fin de blitz impossible, tel qu'il l'avait prévu. Car le camion au container jaune manœuvrait pour prendre la file d'accès aux portiques à spreaders télescopiques, dédiés au chargement d'un énorme porte containers à la coque noir et rouge.

Le *Jumbo Valetta*.

En l'occurrence, un objectif rendu hors d'atteinte, à cause de la distance et des nombreux obstacles dressés devant l'Exécuteur. Restait le fusil de sniper acheté au « garagiste » Nanni. Dragunov variante SVU de calibre 7.62x54mmR, équipé d'un chargeur de 10 cartouches de haute précision B-32 APIB à la portée efficace de 600 à 800 mètres, et de sa lunette PSO-1 X4. Une arme plus courte que le SVD, et en partie démontable que, dans l'ombre de l'habitacle du Cherokee, le Guerrier achevait précisément d'assembler.

Car il l'avait compris dès la fuite du camion à la CdC, ce blitz calabrais ne pourrait s'achever qu'en faisant appel à la réflexion, au calme, à la discrétion, et à la précision. Et avec le concours de certains éléments extérieurs. Alors, tout allait désormais se jouer sur les talents du sergent Miséricorde, ex-tireur d'élite, décoré de la prestigieuse médaille Marksman.

A partir de maintenant et très vite. Car, là-bas, un véhicule à gyrophare venait de s'arrêter près du container jaune. Les fonctionnaires des douanes évoqués par « Cavolfiore » ? Dans ses jumelles, l'Exécuteur vit deux hommes en descendre, pour aller parlementer avec les passagers du poids lourd. Les deux pourris qui avaient aidé à embarquer les filles dans le module d'acier jaune. Puis, contre toute attente, l'arrière du container s'entrouvrit, et un type sauta à terre. Un des deux « infirmiers » qui avaient embarqué les filles. Bolan le vit adresser un vague salut vers l'intérieur, de toute évidence, à l'adresse du deuxième « infirmier », resté à l'intérieur. Selon les confidences de « Cavolfiore », il n'en ressortirait qu'une fois le navire en mer. Celui-là était l'homme de main des proxos Qataris, chargé d'escorter le « chargement » jusqu'à son terme. Avec passeport en règle, et tout et tout.

Belle combine.

A l'extérieur, son copain avait déjà refermé le container et tranquillement s'en allait faire les cent pas à l'écart, l'air de s'intéresser au spectacle du port. Et soudain, tout se précipita. Un des supposés fonctionnaires avait gagné l'arrière du poids lourd, et Bolan le vit nettement accrocher des « choses » aux barres de fermeture du container. Les plombs de douane. Sans le moindre contrôle. Puis, sur un signe de son collègue à l'adresse du chauffeur du Trailor, ce dernier déboîta subitement, pour aller se placer en deuxième position dans la file d'attente. Sans susciter la moindre contestation chez les autres chauffeurs. C'était la Calabre, fief de la n'dranghetta.

Ici, les choses étaient comme ça.

Aussitôt, et tandis que les supposés douaniers se mettaient à contrôler cette fois les containers suivants, le chauffeur du Trailor et son complice sautèrent au sol, pour aller s'asseoir à l'écart en allumant une cigarette. Pour l'Exécuteur, tous les éléments étaient en place. Pour peu de temps. Tout pouvait évoluer très vite. Vers le succès de son blitz… ou vers l'échec. Alors, relançant le moteur du Cherokee mais sans allumer ses feux, il abaissa l'écran feuille du Smart devant son œil droit et activa son téléphone satellitaire.

C'était parti…

CHAPITRE XXII

« — O.K, Striker. YOU1000760. C'est noté. Mais tu sais qu'ici comme ailleurs, je ne pourrai rien pour te sortir de la mouise. »

Bien que parvenu sur site-action après une prudente approche à bord du Cherokee pour trouver l'endroit idoine, l'Exécuteur avait toujours la mise en garde de Hal Brognola au fond de l'oreille. Il savait que le fédéral ne pouvait rien pour lui en la circonstance, et qu'il croupirait de longues années en prison s'il était capturé par la police. Mais les dés étaient lancés. Reculer à présent eût réduit tous ses efforts à néant et sauvé la peau de l'ordure, « l'infirmier » resté enfermé dans le container jaune avec les filles. Un container qui se trouvait à présent en tête de la file en attente d'embarquement sur le *Jumbo Valetta*.

Donc, c'était maintenant, ou jamais.

A condition de faire vite. Très vite. Alors, l'œil droit centré devant la lentille de la lunette PSO-1, l'Exécuteur était prêt. Bien calé sur le toit du Cherokee dont le ronronnement du moteur était masqué par le bruit ambiant, et le canon du Dragunov engagé entre les barreaux des grilles d'enceintes du complexe portuaire, l'ex-sergent Miséricorde venait d'achever les réglages de la lunette. Eclairage suffisant, réticule clair, ondes atmosphériques déformantes acceptables, vent latéral quasi nul, distance estimée, 300 mètres.

Trois cents mètres… et trois cibles.

Deux fixes, une en mouvement. « L'infirmier », qui faisait toujours les cent pas à l'écart des deux autres. Du coin de l'œil gauche, le Guerrier surveillait les manœuvres. A présent, les crochets du spreader de la grue affectée au chargement du *Jumbo Valetta* commençaient à descendre vers le container précédant celui du Trailor. Bolan avait compté les minutes séparant deux manœuvres, et il avait à peu près évalué le temps nécessaire à Brognola pour déclencher la suite du processus. En guise de réponse, des sirènes résonnèrent soudain du côté de l'entrée de la zone, et plusieurs véhicules à gyrophares se profilèrent bientôt sur l'accès aux quais. Vingt secondes plus tard, quatre voitures des *carabinieri* débouchèrent en trombe sur l'immense quai, filant vers les grues pour freiner en catastrophe autour des containers prêts à l'embarquement. De loin, le Guerrier aperçut les deux pourris du Trailor et leur complice « infirmier » quitter leurs positions pour s'éloigner discrètement vers les montagnes de containers en attente, dont les empilements formaient d'immenses labyrinthes. Plan de fuite idéal.

Les rats quittaient le navire, exactement ce que l'Exécuteur souhaitait.

Alors, les laissant s'éloigner vers le secteur le moins éclairé, il attendit qu'ils y parviennent, puis fixant le réticule de la lunette de visée sur sa première cible, il positionna doucement son index sur la détente du Dragunov, inspira une bouffée d'air, bloqua sa respiration, et laissa son doigt peser lentement sur l'acier froid de l'arme.

Sans le moindre frémissement.

— *Putana !* On se casse !

Sitôt vu les gyrophares débouchant à l'entrée de la zone des quais, Durante Panelli avait compris. Coincé à la CdC sous le feu de « La Rabbia » et de ses soldati, cet enfoiré de Yankee avait alerté la cavalerie !

Fanculo !

Maintenant, ça sentait mauvais. Très mauvais !

— *Presto !* envoya-t-il encore à son complice.

Puis à l'adresse de « l'infirmier » qui semblait hésiter là-bas, il indiqua d'un mouvement de tête les murailles de containers empilés en attente. Près de lui, Silvio Barseta avait également compris, et hâtait le pas près de lui. Tandis que derrière, l'agitation était à son comble, ils allaient s'engouffrer entre deux parois de containers, quand du coin de l'œil Durante Panelli aperçut à sa gauche « l'infirmier » qui trébuchait. Dans la foulée, et tandis que « l'infirmier » boulait à terre comme un lapin abattu, pour disparaître à l'angle d'un mur d'acier, il entendit le cri de Barseta. Sur sa droite, ce dernier plongea en avant comme pour se ruer entre les containers, avant de s'écrouler dans le boyau sombre.

Les flics ! Ils leur tiraient dessus !

Pur réflexe, il tourna la tête, aperçut des carabiniers qui s'activaient sur les barres de fermeture du container, d'autres qui s'élançaient à leur pousuite. Mû par l'instinct de conservation, le *picciotto* voulut s'élancer à l'abri des containers, quand un choc terrible secoua l'arrière de son crâne. Comme dans un cauchemar, il eut l'impression que sa cervelle s'échappait par son front éclaté, et le temps d'une infinitésimale portion d'éternité, il crut même voir jaillir un jet sombre devant lui, puis un rideau noir s'abattit devant ses yeux.

Et plus rien.

Trois secousses dans l'épaule, trois détonations.

Dans la lunette de visée, l'Exécuteur avait nettement vu là-bas ses trois cibles bouler, puis quasiment disparaître dans l'ombre entre les piles de containers. Pointant la lunette de visée vers le container jaune, il put noter qu'on ne s'intéressait pas encore à lui. Noyés dans le vacarme des grues et des grondements de moteurs, ses coups de feu étaient passés inaperçus. D'ailleurs, les carabiniers avaient d'autres préoccupations. Certains s'étaient élancés à la poursuite des pourris, d'autres s'occupaient déjà de faire sauter les plombs du container.

Hal Brognola avait bien travaillé.

A lui d'expliquer quelle source l'avait informé. Après

tout, le *Justice Department US* avait des correspondants un peu partout sur la planète. Pas le problème du Guerrier, dont l'œil n'avait pas quitté la lunette de visée. Un objectif, qui lui permit de suivre l'ouverture du container, et de la sortie… du deuxième « infirmier ». Bras en l'air. Attitude de reddition. Un grand type brun, moustachu. Un de ceux aperçus plus tôt à la CdC.

La quatrième cible de l'Exécuteur, qui pressa de nouveau la détente du Dragunov. Secousse dans l'épaule, décalage de l'image dans la lunette, rétablissement de celle-ci, vision de la scène. Atteint en pleine tête, le faux infirmier n'avait pas fini de s'écrouler au milieu des carabiniers, que le Guerrier avait déjà sauté au sol, jeté le fusil sur le plancher arrière, s'était mis au volant pour démarrer. Tous feux éteints, écran feuille du Smart devant l'œil droit. Avec une incertitude. Désagréable. S'il tombait sur un barrage de police à la sortie de la zone, il était fichu. Brognola l'avait prévenu, il ne pourrait rien pour lui. Normal. Pour toutes les polices du monde, il n'était qu'un tueur.

Le genre d'assassin qu'on abattait à vue.

— *Bene.*

Massimo « Leone » Castaldo raccrocha son portable. Sa coiffure léonine en bataille et la face figée, il demeura un instant immobile contre l'oreiller du lit. Dans son regard noir, une lueur mauvaise s'était installée. Rompant le silence qui s'était établi dans la chambre, la jeune femme lovée dans les draps contre le corps épais de son amant demanda d'une voix molle :

— *Hai un problema, tesoro ?*

Le *capo crimine* di Reggio di Calabria se secoua, quitta le lit en éludant :

— *Niente*. Rien. Je dois y aller.

A l'instar d'Eugenia sa grosse épouse, Almira Lardi, sa maîtresse régulière, ne connaissait pas grand-chose de ses activités. Pour elle, il n'était qu'un simple tenancier de *trattorie* et de nights. Mais en passant par la salle de bains, le boss de Reggio ne songeait pas à ce type de commerces. La veille, il avait appris les meurtres de ces types qui bossaient pour la famille, et à l'instant, son *sotto capo* « Vipera » Malerba venait de lui annoncer ce carnage à la CdC de Trieste, où la sœur de la « donneuse » de reins attendait son embarquement, et enfin, ce bordel sur la zone fret du port, où les carabiniers venaient de retrouver cette pétasse dans le container !

Le big bordel !

Cette fois, c'était certain, on lui déclarait la guerre. Un clan louchait sur le contrôle de la ville, mais il ne voyait vraiment pas qui. Depuis son installation au sommet, les conflits s'étaient calmés sur le secteur. Les *mammasantissima* du sommet n'appréciaient pas trop les vagues. Ça énervait les flics. L'*Organizzazione* privilégiait le business. Alors, « Leone » Castaldo ne comprenait pas. Il savait seulement que l'affaire allait remonter jusqu'à Rome, et que les anti mafia allaient venir fourrer leurs sales nez par ici.

Moralité, profil bas.

Rentrer la tête dans les épaules, ne laisser aucune prise à ces enfoirés. Pour ça, il n'était guère inquiet. Les cloisons étaient nombreuses entre lui et…

— *Porca puttana !*

Heureusement, cette histoire d'organes était terminée, la greffe de son frère s'était déroulée à Malte avec succès, et on ne trouverait jamais le cadavre de la Slovène. Mais ces exécutions dans son fief allaient finir par lui causer du tort. De nouveau, la lueur s'était installée dans les yeux noirs du *capo crimine*, et dix minutes plus tard, il sautait dans sa Mercedes où l'attendaient ses deux baby-sitters. Tandis que la voiture démarrait, il réactiva son portable et une voix répondit aussitôt :

— *Padrone ?*

Le timbre sourd et posé de Michele « Vipera » Malerba.

— On a un problème, annonça le boss à son *sotto capo.*

A mots couverts, il expliqua son souci et son second interrogea :

— *Cuando ?*

— *Immediatamente*, répondit le boss.

Puis il raccrocha, laissa aller sa nuque contre l'appui-tête de la banquette et ferma les yeux.

Cette petite salope d'Almira l'avait crevé.

*
* *

Le Dr Andrea Bolsano avait du mal à se réveiller.

Il avait été tiré du lit une demi-heure plus tôt au téléphone, par un type qu'il ne connaissait pas, mais de la part de Franco, son contact avec l'*Organizzazione*. Petite intervention urgente, lui avait-on dit. Le genre de boulot dont il avait l'habitude. Chez ces gens-là, il y avait parfois des blessés. Une plaie à suturer, une balle à extraire, le type de boulot qu'un chirurgien lambda était obligé de déclarer aux autorités. Pas lui. Depuis longtemps déjà, il était *IL chirurgo.* Celui *della famiglia.* Mieux payé que les grands mandarins, mais tenu de s'exécuter sans rechigner, quel que soit le boulot. Comme, par exemple, l'ablation des deux reins de cette fille…

Depuis, le Dr Bolsano dormait mal.

Des nuits peuplées de cauchemars, inondées de sueurs froides, dont sa femme Carola commençait à s'inquiéter. Si elle avait su…

— *E qui.* C'est là.

L'annonce du costaud assis près du chauffeur fit presque sursauter le Dr Bolsano. Là, c'était une voie sans habitations, bordée sur un côté par un haut mur gris. Frictionnant ses yeux rouges de sommeil, le praticien s'étonna :

— *Dove si trova ?* Où est-ce qu'on est ?

— C'est là, éluda le costaud en mettant pied à terre.

Dans la foulée, il avait ouvert la portière arrière de

la voiture, invitant le toubib à l'imiter en précisant d'un coup de pouce vers le mur :

— *Qui*. Là. Juste derrière.

Le Dr Bolsano descendit à son tour. Il le savait, on ne discutait pas avec ces gens-là. On faisait le boulot, on encaissait le fric et…

Le choc dans sa nuque le projeta en avant. Un choc si violent qu'il eut l'impression que son crâne s'ouvrait en deux. Cervelle explosée par la balle de 9mm Parabellum, il plongea dans un gouffre noir… où plus rien n'existait. Sans comprendre que Carola ne saurait jamais ce qu'il était devenu. Il ne serait pourtant pas loin. Là, juste derrière le haut mur gris.

Le mur d'un vieux cimetière, où personne ne venait plus.

EPILOGUE

— Tu as bonne mine.

D'une main lasse, Jacob Pastry fit le geste de chasser une mouche invisible. Secouant mollement sa tête quasi chauve, il leva sur son demi-frère un regard fatigué où flottait une expression de doute.

— Tu trouves ?

— *Si, si ! Parola !* assura Massimo « Leone » Castaldo en quêtant du regard le renfort de son voisin.

Assis dans le fauteuil de jardin voisin, Michele « Vipera » Malerba secoua son catogan en acquiesçant :

— *Sicuro. Bell'aspeto.*

Rassuré, Jacob Pastry se laissa aller sur le lit de jardin, et tandis que son frère remontait le plaid sur lui, il contempla le décor du parc. Bougainvilliers, palmiers, pelouses lissées comme des brosses, chants d'oiseaux et sons lénifants des fontaines… cette clinique de luxe des environs de Rabat était un havre de paix. Le genre d'établissement que le Maltais moyen ne pouvait s'offrir. Cette idée fit aussitôt du bien au *capo* de Valetta. Il aimait le fric, notamment pour le confort que cela lui permettait de s'offrir. Pendant des années, la maladie et les dyalises répétées lui avaient interdit de profiter pleinement de son statut privilégié. Et il avait beau connaître la provenance des reins que lui avait offerts son demi-frère, aucun remords, aucun sentiment de culpabilité ne l'effleurait. En fait, il était bien le digne fils du fameux *capo crimine* Donato « Dandy » Castaldo, même s'il n'avait ni la santé, ni la prestance de Massimo. Mais tout ça n'avait plus d'importance. Il était le boss de la *Maltese United Shipping*, il roulait sur le fric, et maintenant, il était guéri. Et plutôt dans les bonnes grâces de son frangin, puisqu'il était venu le voir à Malte en compagnie de son *sotto capo*. Ici. Dans cette clinique de luxe où on aurait pu se croire dans le parc d'un hôtel cinq étoiles. Sans doute pour lui annoncer un prochain business juteux. Alors ! Elle n'était pas belle, la v…

Jacob Pastry ne pensa pas plus loin.

Sur sa gauche, du côté du fauteuil du *sotto capo*, il y eut un son étrange. A la fois bref et mat. Et une espèce de pluie rouge gicla sur son plaid, lui souillant l'oreille et la joue au passage. Incrédule, il allait tourner la tête, quand un deuxième son mat résonna dans l'air tiède. Face à lui, son demi-frère, Massimo, fut secoué par un violent sursaut, et tandis qu'il émettait une sorte de hoquet, son front parut exploser, tachant de rouge sa belle crinière léonine. Halluciné, Jacob Pastry le vit ouvrir de grands yeux surpris, battre l'espace d'un moulinet de bras, avant de basculer en arrière, entraînant son fauteuil avec lui.

En plein cauchemar, Pastry voulut se redresser, eut très mal aux sutures encore fraîches de son dos, ouvrit la bouche pour crier, n'en eut pas le temps. Quand la balle de 7.62mm lui explosa la nuque, il n'avait pas encore tout compris, mais il mourut, guéri.

Avec des reins tout jeunes, payés au prix fort.

Mais le combat de Mack Bolan continue…

Le camion provenait apparemment d'un surplus militaire quelconque, mais le soleil brûlant du Mexique avait depuis longtemps effacé toutes les marques qui auraient pu laisser deviner son origine. Dans le camion, protégé par une bâche armée, il y avait une bonne quantité de mort en poudre, de l'héroïne Black Tar. Au-dessus du camion, une silhouette tout aussi mortelle était cramponnée à l'épaisse bâche.

Mack Bolan cligna des yeux. Il essuya le sable de son visage et pour la centième fois tenta de trouver une position plus confortable.

La chaleur, la poussière et l'inconfort de sa position diminuaient sévèrement le stoïcisme avec lequel il accueillait habituellement ce genre de désagréments. Sous son treillis, la poussière le démangeait et son gilet pare-balles le gênait de plus en plus. Au cours de la guerre longue et sanglante qui l'avait opposé à toutes les mafias du monde, il avait récolté des dizaines de blessures. Et à ce moment précis, il avait l'impression que toutes ses blessures se rouvraient en même temps.

Le Guerrier leva la tête et inspecta prudemment les environs. Quelques bâtiments retournaient lentement à la poussière. Les bardeaux arrachés, les fenêtres crasseuses, montraient qu'ils n'étaient plus habités depuis longtemps.

D'une certaine manière, c'était parfait.

Une ville morte, perdue au fin fond du désert de Sonoran, oubliée dans le no man's land entre le Mexique et les States. Il y en avait des centaines comme ça tout le long de la frontière. Fantômes invisibles et oubliés. Certaines étaient désertes, d'autres non. Des planques parfaites pour les trafiquants de drogues de toutes les nationalités. A cause d'eux, la drogue envahissait le Texas, l'Arizona et la Californie, comme l'eau qui s'écoule à travers les fissures d'une digue.

Bolan traquait ce chargement de black tar depuis plusieurs jours. Il espérait bien colmater au moins cette fissure-là.

Le camion passa une fondrière en grinçant et Bolan serra les dents comme si on lui avait broyé tous les os. Il essaya de détendre ses muscles ankylosés. Il savait qu'il allait avoir besoin de toute son agilité. Quand on vous tire dessus, le moindre centimètre peut faire la différence entre la vie et la mort.

D'après ses informateurs, il n'y aurait pas plus d'une douzaine d'hommes au rendez-vous. Et c'était largement assez. Quand on dépassait la dizaine, les probabilités étaient toujours les mêmes. A savoir mauvaises.

Il sourit. De mauvaises probabilités signifiaient simplement qu'il devrait agir vite. Et il était justement en mode rapide.

Le camion poussa un grognement dépressif et s'arrêta

à côté d'un bâtiment de deux étages qui avait connu des jours meilleurs. Des voix s'élevèrent. Espagnol et anglais. Bolan se tendit et se prépara à jouer sa partition. Il affirma sa prise sur la poignée du Heckler & Koch UMP-45 qu'il portait en bandoulière et se redressa un peu. Il y avait un van stationné juste à côté. Autrefois, il avait été blanc, mais maintenant il était couleur vieille chique. En plus, il était habité. L'Exécuteur compta huit têtes, plus l'homme assis au volant. Les probabilités étaient meilleures que ce qu'il avait craint.

La porte du van claqua.

Le blitz était lancé !

Achevé d'imprimer en mai 2013

BRODARD & TAUPIN

La Flèche

— N° d'imprimeur : 70836 —
— N° d'éditeur : Ex. 307 —
Dépôt légal : juin 2013.

Imprimé en France